2016 CH ДИQATE

스마트소설 한국작가선

소나기 그리고 소나기

황순원문학촌 소나기마을 · 문학나무

추상 252, 1984, 80x100cm, oil on canvas

　대가의 작품들은 늘 새로운 창조를 일으킨다. 표절도 패러디도 재창조도 만들어내는 힘을 지니고 있다. 황순원의「소나기」가 바로 그러하다. 여기 실린 11편의「소나기」는 모두 그「소나기」로부터 태어나게 된 이야기들이다.

　그러나 우르르 쾅쾅, 소나기들이 쏟아져 내리기 전에, 아주 잠시, 번개처럼 낯설고 번쩍이는 어떤 공백의 순간을 가져보도록 하자. 그는 동족상쟁의 비극 한가운데에서 왜 사랑이야기를 썼던 것일까. 낙원만큼이나 아름다운 농촌 풍경을 배경으로, 천사만큼이나 순수한 소년 소녀의 이야기를?

　황순원의「소나기」는 사랑의 원형을 보여주는 소설이다. 우리 심연에 서정적인 깊은 울림을 주고 있다는 걸 누구도 부정할 수 없다. 하지만 그렇게만 읽는다면 그건 하나의 작은 문을 여는 것이다. 이제 열릴 문들은「소나기」를 지금의 현실로 불러내고, 작가들의 손끝에서 의미를 확장시키며 이야기의 영원성을 환기시킨다. 아울러 그것은 원작에 대한 깊은 헌사가 될 것이다.

　이번 앤솔로지는 여러 경계를 허물었다. 우선 필자들이 다양하다. 기성작가들의 작품과 미등단 작가들의 공모작을 경계 없이 실었다. 다만 '소나기'가 내리는 지상에서 모두가 잠시 유숙하고 가는 문학적 마음을 지표로 삼았다.

편집기획 주수자

차
례
○

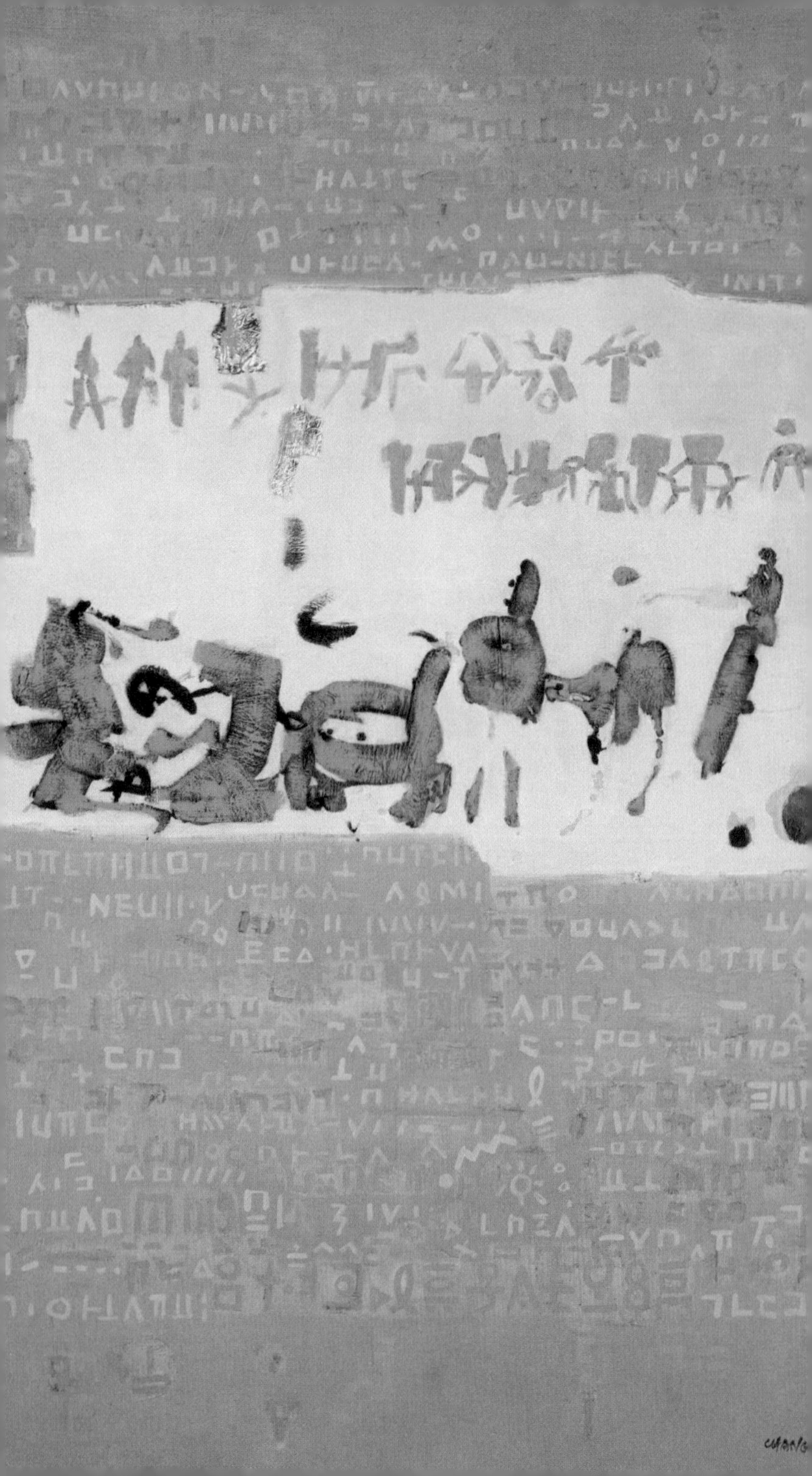

소나기

○

황순원

소년은 개울가에서 소녀를 보자 곧 윤초시네 증손녀 딸이라는 걸 알 수 있었다. 소녀는 개울에다 손을 잠그고 물장난을 하고 있는 것이다. 서울서는 이런 개울물을 보지 못하기나 한 듯이.

벌써 며칠 째 소녀는 학교서 돌아오는 길에 물장난이었다. 그런데 어제까지는 개울 기슭에서 하더니, 오늘은 징검다리 한가운데 앉아서 하고 있다.

소년은 개울둑에 앉아 버렸다. 소녀가 비키기를 기다리자는 것이다.

요행 지나가는 사람이 있어, 소녀가 길을 비켜 주었다.

다음 날은 좀 늦게 개울가로 나왔다.

이날은 소녀가 징검다리 한가운데 앉아 세수를 하고 있었다.

추상 408, 2001, 130x194cm, oil on canvas

분홍 스웨터 소매를 걷어 올린 팔과 목덜미가 마냥 희었다.

한참 세수를 하고 나더니 이번에는 물속을 빤히 들여다본다. 얼굴이라도 비추어보는 것이리라. 갑자기 물을 움켜낸다. 고기 새끼라도 지나가는 듯.

소녀는 소년이 개울둑에 앉아 있는 걸 아는지 모르는지 그냥 날쌔게 물만 움켜낸다. 그러나 번번이 허탕이다. 그대로 재미있는 양, 자꾸 물만 움킨다. 어제처럼 개울을 건너는 사람이 있어야 길을 비킬 모양이다.

그러다가 소녀가 물속에서 무엇을 하나 집어낸다. 하얀 조약돌이었다. 그리고는 홀 일어나 팔짝팔짝 징검다리를 뛰어 건너간다.

다 건너가더니만 획 이리로 돌아서며,

"이 바보."

조약돌이 날아왔다.

소년은 저도 모르게 벌떡 일어섰다.

단발머리를 나풀거리며 소녀가 막 달린다. 갈밭 사잇길로 들어섰다. 뒤에는 청량한 가을 햇살 아래 빛나는 갈꽃뿐.

이제 저쯤 갈밭머리로 소녀가 나타나리라. 꽤 오랜 시간이 지났다고 생각됐다. 그런데도 소녀는 나타나지 않는다. 발돋움을 했다. 그러고도 상당한 시간이 지났다고 생각됐다.

저쪽 갈밭머리에 갈꽃이 한 옴큼 움직였다. 소녀가 갈꽃을 안고 있었다. 그리고 이제는 천천한 걸음이었다. 유난히 맑은 가을 햇살이 소녀의 갈꽃 머리에서 반짝거렸다. 소녀 아닌 갈꽃이 들길을 걸어가는 것만 같았다.

소년은 이 갈꽃이 아주 뵈지 않게 되기까지 그대로 서 있었다. 문득 소녀가 던진 조약돌을 내려다보았다. 물기가 걷혀 있었다. 소년은 조약돌을 집어 주머니에 넣었다.

다음 날부터 좀더 늦게 개울가로 나왔다. 소녀의 그림자가 뵈지 않았다. 다행이었다.

그러나 이상한 일이었다. 소녀의 그림자가 뵈지 않는 날이 계속될수록 소년의 가슴 한구석에는 어딘가 허전함이 자리 잡는 것이었다. 주머니 속 조약돌을 주무르는 버릇이 생겼다.

그러한 어떤 날, 소년은 전에 소녀가 앉아 물장난을 하던 징검다리 한가운데에 앉아 보았다. 물속에 손을 잠갔다. 세수를 하였다. 물속을 들여다보았다. 검게 탄 얼굴이 그대로 비치었다. 싫었다.

소년은 두 손으로 물속의 얼굴을 움키었다. 몇 번이고 움키었다. 그러다가 깜짝 놀라 일어나고 말았다. 소녀가 이리 건너오고 있지 않느냐.

숨어서 내 하는 꼴을 엿보고 있었구나. 소년은 달리기 시작했다. 디딤돌을 헛짚었다. 한 발이 물속에 빠졌다. 더 달렸다.

몸을 가릴 데가 있어줬으면 좋겠다. 이쪽 길에는 갈밭도 없다. 메밀밭이다. 전에 없이 메밀꽃내가 짜릿하니 코를 찌른다고 생각됐다. 미간이 아찔했다. 찝찔한 액체가 입술에 흘러들었다. 코피였다. 소년은 한 손으로 코피를 훔쳐내면서 그냥 달렸다. 어디선가, 바보, 바보, 하는 소리가 자꾸만 뒤따라오는 것 같았다.

    토요일이었다.
    개울가에 이르니, 며칠째 보이지 않던 소녀가 건너편 가에 물장난을 하고 있었다.
    모르는 체 징검다리를 건너기 시작했다. 얼마 전에 소녀 앞에서 한 번 실수를 했을 뿐, 여태 큰길 가듯이 건너던 징검다리를 오늘은 조심성스럽게 건넌다.
    "애."
    못 들은 체했다. 둑 위로 올라섰다.
    "애, 이게 무슨 조개지?"
    자기도 모르게 돌아섰다. 소녀의 맑고 검은 눈과 마주쳤다. 얼른 소녀의 손바닥으로 눈을 떨구었다.
    "비단조개."
    "이름도 참 곱다."
    갈림길에 왔다. 여기서 소녀는 아래편으로 한 삼 마장쯤, 소년은 우대로 한 십리 가까잇길을 가야 한다.
    소녀가 걸음을 멈추며,
    "너 저 산 너머에 가본 일 있니?"

벌 끝을 가리켰다.

"없다."

"우리 가보지 않으련? 시골에 오니까 혼자 심심해 못 견디 겠다."

"저래 봬두 멀다."

"멀믄 얼마나 멀갔게? 서울 있을 때 사뭇 먼 데까지 소풍갔 었다."

소녀의 눈이 금세, 바보, 바보, 할 것만 같았다.

논 사잇길로 들어섰다. 벼 가을걷이하는 곁을 지났다. 허수 아비가 서 있었다. 소년이 새끼줄을 흔들었다. 참새가 몇 마리 날아간다. 참 오늘은 일찍 집으로 돌아가 텃논의 참새를 봐야 할걸 하는 생각이 든다.

"아, 재밌다!"

소녀가 허수아비 줄을 잡더니 흔들어 댄다. 허수아비가 대고 우쭐거리며 춤을 춘다. 소녀의 왼쪽 볼에 살포시 보조개가 패 었다.

저만치 허수아비가 또 서 있다. 소녀가 그리로 달려간다. 그 뒤를 소년도 달렸다. 오늘 같은 날은 일찌감치 집으로 돌아가 집안일을 도와야 한다는 생각을 잊어버리기라도 하려는 듯이.

소녀의 곁을 스쳐 그냥 달린다. 메뚜기가 따끔따끔 얼굴에 와 부딪힌다. 쪽빛으로 한껏 갠 가을 하늘이 소년의 눈앞에서 맴을 돈다. 어지럽다. 저놈의 독수리, 저놈의 독수리, 저놈의 독수리가 맴을 돌고 있기 때문이다.

돌아다보니 소녀는 지금 자기가 지나쳐 온 허수아비를 흔들고 있다. 좀 전 하수아비보다 더 우쭐거린다.

논이 끝난 곳에 도랑이 하나 있었다. 소녀가 먼저 뛰어 건넜다.

거기서부터 산 밑까지는 밭이었다.

수숫단을 세워 놓은 밭머리를 지났다.

"저게 뭐니?"

"원두막."

"여기 차미 맛있니?"

"그럼, 차미 맛도 좋지만 수박 맛은 더 좋다."

"하나 먹어봤으면."

소년이 참외 그루에 심은 무밭으로 들어가, 무 두 밑을 뽑아 왔다. 아직 밑이 덜 들어 있었다. 잎을 비틀어 팽개친 후, 소녀에게 한 밑 건넨다. 그러고는 이렇게 먹어야 한다는 듯이 먼저 대강이를 한입 베물어낸 다음, 손톱으로 한 돌이 껍질을 벗겨 우적 깨문다.

소녀도 따라 했다. 그러나 세 입도 못 먹고,

"아, 맵고 지려,"

하며 집어던지고 만다.

"참 맛없어 못 먹겠다."

소년이 더 멀리 팽개쳐버렸다.

산이 가까워졌다.

단풍이 눈에 따가웠다.

"야아!"

소녀가 산을 향해 달려갔다. 이번은 소년이 뒤따라 달리지 않았다. 그러고도 곧 소녀보다 더 많은 꽃을 꺾었다.

"이게 들국화, 이게 싸리꽃, 이게 도라지꽃……."

"도라지꽃이 이렇게 예쁜 줄은 몰랐네. 난 보랏빛이 좋아! 근데 이 양산 같이 생긴 꽃이 뭐지?"

"마타리꽃."

소녀는 마타리꽃을 양산 받듯이 해 보인다. 약간 상기된 얼굴에 살풋한 보조개를 떠올리며.

다시 소년은 꽃 한 움큼을 꺾어 왔다. 싱싱한 꽃가지만 골라 소녀에게 건넨다.

그러나 소녀는,

"하나두 버리지 말어."

신마루께로 올라갔다.

맞은편 골짜기에 오순도순 초가집이 몇 모여 있었다.

누가 말한 것도 아닌데 바위에 나란히 걸터앉았다.

별로 주위가 조용해진 것 같았다. 따가운 가을 햇살만이 말라가는 풀 냄새를 퍼뜨리고 있었다.

"저건 또 무슨 꽃이지?"

적잖이 비탈진 곳에 칡덩굴이 엉키어 끝물꽃을 달고 있었다.

"꼭 등꽃 같네. 서울 우리 학교에 큰 등나무가 있었단다. 저 꽃을 보니까 등나무 밑에서 놀든 동무들 생각이 난다."

소녀가 조용히 일어나 비탈진 곳으로 간다. 꽃송이가 많이 달린 줄기를 잡고 끊기 시작한다. 좀처럼 끊어지지 않는다. 안간힘을 쓰다가 그만 미끄러지고 만다. 칡덩굴을 그러쥐었다.

소년이 놀라 달려갔다. 소녀가 손을 내밀었다. 손을 잡아 이끌어 올리며, 소년은 제가 꺾어다 줄 것을 잘못했다고 뉘우친다.

소녀의 오른쪽 무릎에 핏방울이 내맺혔다. 소년은 저도 모르게 생채기에 입술을 가져다 대고 빨기 시작했다. 그러다가 무슨 생각을 했는지 홱 일어나 저쪽으로 달려간다.

좀 만에 숨이 차 돌아온 소년은,

"이걸 바르면 낫는다."

송진을 생채기에다 문질러 바르고는 그 담음으로 칡덩굴 있는 데로 내려가 꽃 많이 달린 몇 줄기를 이빨로 끊어 가지고 올라온다. 그러고는,

"저기 송아지가 있다. 그리 가보자."

누렁송아지였다. 아직 코뚜레도 꿰지 않았다.

소년이 고삐를 바투 잡아 쥐고 등을 긁어주는 척 후딱 올라탔다. 송아지가 껑충거리며 돌아간다.

소녀의 흰 얼굴이, 분홍 스웨터가. 남색 스커트가, 안고 있는 꽃과 함께 범벅이 된다. 모두가 하나의 큰 꽃묶음 같다. 어지럽

다. 그러나 내리지 않으리라. 자랑스러웠다. 이것만은 소녀가 흉내 내지 못할 자기 혼자만이 할 수 있는 일인 것이다.

"너희 예서 뭣들 하느냐."

농부 하나가 억새풀 사이로 올라왔다.

송아지 등에서 뛰어내렸다. 어린 송아지를 타서 허리가 상하면 어쩌느냐고 꾸지람을 들을 것만 같다.

그런데 나룻이 긴 농부는 소녀 편을 한번 훑어보고는 그저 송아지 고삐를 풀어내면서,

"어서들 집으루 가거나. 소나기가 올라."

참 먹장구름 한 장이 머리 위에 와 있다. 갑자기 사면이 소란스러워진 것 같다. 바람이 우수수 소리를 내며 지나간다. 삽시간에 주위가 보랏빛으로 변했다.

산을 내려오는데 떡갈나무 잎에서 빗방울 듣는 소리가 난다. 굵은 빗방울이었다. 목덜미가 선뜻선뜻했다. 그러자 대번에 눈앞을 가로막는 빗줄기.

비안개 속에 원두막이 보였다. 그리고 가서 비를 그을 수밖에.

그러나 원두막은 기둥이 기울고 지붕도 갈래갈래 찢어져 있었다. 그런데 비가 덜 새는 곳을 가려 소녀를 들어서게 했다. 소녀의 입술이 파아랗게 질렸다. 어깨를 자꾸 떨었다.

무명 겹저고리를 벗어 소녀의 어깨를 싸주었다. 소녀는 비에 젖은 눈을 들어 한번 쳐다보았을 뿐, 소년이 하는 대로 잠자코

있었다. 그리고는 안고 온 꽃묶음 속에서 가지가 꺾이고 꽃이 일그러진 송이를 골라 발밑에 버린다.

　소녀가 들어선 곳도 비가 새기 시작했다. 더 거기서 비를 그을 수 없었다.

　밖을 내다보던 소년이 무엇을 생각했는지 수수밭 쪽으로 달려간다. 세워놓은 수숫단 속을 비집어보더니, 옆의 수숫단을 날라다 덧세운다. 다시 속을 비집어 본다. 그리고는 소녀 쪽을 향해 손짓을 한다.

　수숫단 속은 비는 안 새었다. 그저 어둡고 좁은 게 안됐다. 앞에 나앉은 소년을 그냥 비를 맞아야만 했다. 그런 소년의 어깨에서 김이 올랐다.

　소녀가 속삭이듯이, 이리 들어와 앉으라고 했다. 괜찮다고 했다. 소녀가 다시 들어와 앉으라고 했다. 할 수 없이 뒷걸음질을 쳤다. 그 바람에 소녀가 안고 있는 꽃묶음이 우그러들었다. 그러나 소녀는 상관없다고 생각했다. 비에 젖은 소년의 몸 내음새가 확 코에 끼얹혀졌다. 그러나 고개를 돌리지 않았다. 도리어 소년의 몸 기운으로 해서 떨리던 몸이 적이 누그러지는 느낌이었다.

　소란하던 수숫잎 소리가 뚝 그쳤다. 밖이 멀게졌다.

　수숫단 속을 벗어나왔다. 멀지 않은 앞쪽에 햇빛이 눈부시게 내리붓고 있었다.

　도랑 있는 곳까지 와보니, 엄청나게 물이 불어 있었다. 빛마

저 제법 붉은 흙탕물이었다. 뛰어 건널 수가 없었다.

　소년이 등을 돌려 댔다. 소녀가 순순히 업혔다. 걷어 올린 소년의 잠방이까지 물이 올라왔다. 소녀는, 어머나 소리를 지르며 소년의 목을 끌어안았다.

　개울가에 다다르기 전에 가을 하늘은 언제 그랬는가 싶게 구름 한 점 없이 쪽빛으로 개어 있었다.

　그다음 날은 소녀의 모습이 뵈지 않았다. 다음 날도, 다음 날도, 매일 같이 개울가로 달려와 봐도 뵈지 않았다.

　학교에서 쉬는 시간에 운동장을 살피기도 했다. 남몰래 오학년 여자 반을 엿보기도 했다. 그러나 뵈지 않았다.

　그날도 소년은 주머니 속 흰 조약돌만 만지작거리며 개울가로 나왔다. 그랬더니 이쪽 개울둑에 소녀가 앉아 있는 게 아닌가.

　소년은 가슴부터 두근거렸다.

　"그동안 앓았다."

　어쩐지 소녀의 얼굴이 해쓱해져 있었다.

　"그날 소나기 맞은 탓 때메?"

　소녀가 가만히 고개를 끄덕이었다.

　"인제 다 나았냐?"

　"아직두……."

　"그럼 누워 있어야지."

"하두 갑갑해서 나왔다. 그날 참 재밌었어⋯⋯. 근데 그날 어디서 이런 물이 들었는지 잘 지지 않는다."

소녀가 분홍 스웨터 앞자락을 내려다본다. 거기에는 검붉은 진흙물 같은 게 들어 있었다.

소녀가 가만히 보조개를 떠올리며,

"그래 이게 무슨 물 같니?"

소년은 스웨터 앞자락을 바라다보고 있었다.

"내 생각해냈다. 그날 도랑을 건너면서 네게 업힌 일이 있지? 그때 네 등에서 옮은 물이다."

소년은 얼굴이 확 달아오름을 느꼈다.

갈림길에서 소녀는,

"저 오늘 아침에 우리 집에서 대추를 땄다. 낼 제사를 지낼려구⋯⋯."

대추 한 줌을 내어준다.

소년은 주춤한다.

"맛봐라, 우리 증조할아버지가 심었다는데 아주 달다."

소년은 두 손을 오그려 내밀며,

"참 알두 굵다!"

"그리구 저, 우리 이번에 제사 지내구 나서 좀 있다 집을 내주게 됐다."

소년을 소녀네가 이사해 오기 전에 벌써 어른들의 이야기를 들어서 윤초시 손자가 서울서 사업에 실패해가지고 고향에 돌아오지 않을 수 없게 됐다는 걸 알고 있었다. 그것이 이번에는 고향 집마저 남의 손에 넘기게 된 모양이었다.

"왜 그런지 난 이사 가는 게 싫어졌다. 어른들이 하는 일이니 어쩔 수 없지만……."

전에 없이 소녀의 까만 눈에 쓸쓸한 빛이 떠돌았다.

소녀와 헤어져 돌아오는 길에 소년은 혼자 속으로 소녀가 이사를 간다는 말을 수없이 되뇌어보았다. 무어 그리 안타까울 것도 서러울 것도 없었다. 그렇건만 소년은 지금 자기가 씹고 있는 대추알의 단맛도 모르고 있었다.

이날 밤, 소년은 몰래 덕쇠 할아버지네 호두밭으로 갔다.

낮에 봐두었던 나무로 올라갔다. 그리고 봐두었던 가지를 향해 작대기를 내리쳤다. 호두 송이 떨어지는 소리가 별나게 크게 들렸다. 가슴이 선뜻했다. 그러나 다음 순간, 굵은 호두야 많이 떨어져라, 많이 떨어져라, 저도 모를 힘에 이끌려 마구 작대기를 내려치는 것이었다.

돌아오는 길에는 열이틀 달이 지우는 그늘만 골라 짚었다. 그늘의 고마움을 처음 느꼈다.

불룩한 주머니를 어루만졌다. 호두 송이를 맨손으로 깠다가는 옴이 오르기 쉽다는 말 같은 건 아무렇지도 않았다. 그저 근동에서 제일가는 이 덕쇠 할아버지네 호두를 어서 소녀에게 맛보여야 한다는 생각만이 앞섰다.

그러다, 아차, 하는 생각이 들었다. 소녀더러 병이 좀 낫거들랑 이사 가기 전에 한 번 개울가로 나와 달라는 말을 못 해둔 것이었다. 바보 같은 것, 바보 같은 것.

이튿날, 소년이 학교에서 돌아오니 아버지가 나들이옷으로 갈아입고 닭 한 마리를 안고 있었다.

어디 가시느냐고 물었다.

그 말에 대꾸도 없이 아버지는 안고 있는 닭의 무게를 겨냥해보면서,

"이만하면 될까?"

어머니가 망태기를 내주며,

"벌서 며칠째 걀걀하고 알 날 자리를 보든데요. 크지 않아두 살은 쪘을 거예요."

소년이 이번에는 어머니한테 아버지가 어디 가시느냐고 물어보았다.

"저, 서당골 윤초시 댁에 가신다. 제상에라도 놓으시라구……."

"그럼 큰 놈으루 하나 가져가지. 저 얼룩 수탉으루……."

이 말에 아버지는 허허 웃고 나서,

"임마, 그래두 이게 실속이 있다."

소년은 공연히 열적어, 책보를 집어던지고는 외양간으로 가, 소잔등을 한 번 철썩 갈겼다. 쇠파리라도 집는 체.

개울물은 날로 여물어 갔다.

소년은 갈림길에서 아래쪽으로 가보았다. 갈밭머리에서 바라보는 서당골 마을은 쪽빛 하늘 아래 한결 가까워 보였다.

어른들의 말이, 내일 소녀네가 양평읍으로 이사 간다는 것이었다. 거기 가서는 조그마한 가겟방을 보게 되리라는 것이었다.

소년은 저도 모르게 주머니 속 호두알을 만지작거리며, 한 손으로는 수없이 갈꽃을 휘어 꺾고 있었다.

그날 밤, 소년은 자리에 누워서도 같은 생각뿐이었다. 내일 소녀네가 이사하는 걸 가보나 어쩌나, 가면 소녀를 보게 될까 어떨까.

그러다가 까무룩 잠이 들었는가 하는데,

"허, 참, 세상 일두……."

마을 갔던 아버지가 언제 돌아왔는지,

"윤 초시 댁두 말이 아니여, 그 많던 전답을 다 팔아버리구, 대대로 살아오던 집마저 남의 손에 넘기더니, 또 악상꺼지 당하는 걸 보면……."

남폿불 밑에서 바느질감을 안고 있던 어머니가,

"증손이라곤 기집애 그 애 하나뿐이었지요?"

"그렇지. 사내애 둘 있던 건 어려서 잃구……."

"어쩌믄 그렇게 자식 복이 없을까."

"글쎄 말이지. 이번 앤 꽤 여러 날 앓는 걸 약두 변변히 못 써 봤다드군. 지금 같애서는 윤 초시네두 대가 끊긴 셈이지. 그런데 참 이번 기집애는 어린것이 여간 잔망스럽지가 않어. 글쎄 죽기 전에 이런 말을 했다지 않어? 자기가 죽거든 자기 입든 옷을 꼭 그대루 입혀서 묻어 달라구……."

추상 230, 2002, 65x80cm, oil on canvas

새벽 들국화 길

○

구효서

추상 350, 2003, 130x162cm, oil on canvas

아이는 감나무 아래 있었다.

뭐라고 하는 것 같았다.

목소리가 너무 작고 불분명해 알아들을 수 없었다.

여자 아이의 입에 귀를 가져다대고 물었다.

"뭐라고?"

아이가 다시 뭐라 뭐라 했다. 여전히 나는 알아듣지 못했다.

여자 아이는 네 살이거나 다섯 살, 나는 일곱 살이거나 여덟 살이었다. 뒷산에서 바람이 불어왔다. 한낮이었다.

"다시 말해 봐." 귀를 여자 아이의 입에 바투 댔다.

"그님자야, 나더 나더."

여자 아이가 한 말이었다.

나는 다시 물었다.

"그님자가 뭐야? 나더 나더는 뭐야?"

그러나 아이는 그 말만 했다.

"그님자야, 나더 나더."

그 뒤로 알게 된 일이지만 아이는 그 말밖에 할 줄 몰랐다. 무얼 물어도 대답은 같았다. "그님자야, 나더 나더." 묻지 않아도 겁먹은 얼굴로 혼자 중얼거렸다. 해를 가리키거나 배가 고플 때도, 놀라거나 칭얼거릴 때도 "그님자야, 나더 나더."였다.

그 말밖에 할 줄 몰랐으므로 그건 말이 아니라 그냥 소리였다. 꿩이 허공으로 날아오르며 내는 소리, 풀을 뜯던 소가 고개를 들고 먼 들판을 향해 우는 소리, 제비가 전깃줄에 앉아 지저귀는 것 같은 그런 소리. 뜻이라고는 없는 소리. '나더 나더'는 박자를 맞추기 위해 붙이는 반복 후렴구 같았다. '그님자야'는 도무지 무슨 말인지 알 수 없었다.

그 말밖에 할 줄 몰랐으므로 그건 말이 아니었으나, 그 말밖에 할 줄 몰랐으므로 그건 아이의 모든 말이었다. 그러거나 말거나 알아들을 수 없기는 마찬가지였다.

이 땅의 전쟁이 끝난 지 11년이나 12년쯤 되던 때였다.

::

"계끔이네가 마을을 뜬다지, 아마."

아버지의 말에 새벽 눈이 번쩍 떠졌다.

"언제요?"

어머니가 잠 묻은 목소리로 물었다. "오늘 가지 않을까?"

나는 오줌을 쌀 뻔했다. 숨을 죽였다. "어디로 간답디까?"

새벽어둠이 걷히려면 아직 멀어 보였다.

"낸들 아나."

계끔이는 여자 아이의 이름이었다. 계끔이네는 아이 엄마 이름이기도 했고 아이와 아이 엄마를 통틀어 지칭하는 말이기도 했다.

그런데 계끔이는 자기를 계끔이라고 하지 않고 '그님자야, 나더 나더.'라고 했다. 계끔이 엄마도 계끔이를 계끔이라고 부르지 않았다. 마을 사람들이 일방적으로 부르는 이름일 뿐이었다. 그러니까 아이와 아이 엄마에게는 이름이 없는 셈이었다.

언젠가 지워졌을(부르지 않으면 지워지는 것이 이름일 테니까) 모녀의 이름은 회복되지 않았다. 마을 사람들은 그들을 한사코 계끔이 혹은 계끔이네라고 불렀다. 다른 이름으로 멋대로 불러버리는 것도 본래의 이름을 지우는 행위였다. 지워진 그것은 무엇이었을까. 왜 지웠을까. 지워진 그것은 얼마큼이었을까. 아이와 아이의 엄마는 지워져 빈 채로 빈 것을 가득 안고 살아갔다.

계끔이에서 사투리 발음을 빼면 겨끔이었다. 이름도 아닌 그것은 별명보다 더 나쁜 낙인이었다. 아이의 엄마 몸에 이런 저런 남자들이 겨끔내기로 드나들어 아비 모를 아이가 생겨났다는 말이었으니까. 겨끔내기라는 말의 원뜻을 과장해서 쓴 것만 봐도 빤한 악의가 보였다. 그러나 어렸던 나는 그런 저런 사정을 몰랐으므로 나도 아이를 계끔이라고 불렀다.

"아무래도 밝기 전에 떠나겠죠?"

어둠 속에서 어머니가 물었다.

"도망치는 거나 마찬가지니까."

아버지의 말을 들으며 나는 실눈을 떴다.

늦가을의 새벽은 쉬이 밝지 않았다.

::

계끔이는 좀처럼 집 밖에 모습을 드러내지 않았다. 아이의 엄마만 아침에 나갔다가 하루 품삯으로 받은 알량한 보리쌀 봉지를 머리에 이고 지쳐 돌아올 뿐이었다.

모녀가 사는 집은 마을 꼭대기 외딴집이었는데 쑥 구렁에 지어졌다고 해서 쑥구렁집이라고 했다. 그 집을 가려면 우리 집 감나무 밑을 지나야 했다. 마을에서 쑥구렁집에 닿는 유일한 고샅이었다.

해질녘 엄마가 동구 밖에 모습을 보이면 그제야 아이는 살짝 마중을 나왔다. 그래도 우리 집 감나무까지는 미치지 못했고 늘 저만치서 엄마를 기다리다 함께 집안으로 사라졌다. 어린 여자 아이가 하루 종일 혼자 집을 지키는 게 믿기지 않았다. 네 댓 살밖에 안 된 아이가 하루해를 혼자 보내다니.

그런데 어떤 날인가 감나무까지 아이가 내려왔다. 새끼 비단털쥐가 세상이 궁금하여 두 눈 말뚱거리며 가만 가만 마을을 향해 겁먹은 걸음을 옮긴 것 같았다. 자기도 뒤늦게야 너무 멀리 온 걸 깨달았는지 나를 보자 도망치려 했다. 그러나 겁먹은 오금은 접히기 마련, 아이는 감나무 아래 웅크려 앉았다. 아닌 게 아니라 작은 콧잔등이 꼭 비단털쥐처럼 발그스름했다. 손끝과 발끝은 울금 뿌리처럼 하얗고 투명했다. 아이는 숨을 몰아쉬었다.

"이름이 뭔데, 너?"

내가 물었고 또 물었고 여러 차례 거푸 물었다. 그리고 그날 내가 간신히 들은 대답이 "그님자야, 나더 나더."였다.

다른 말을 하려 해도 그 말이 늘 먼저 튀어나와 뒤에 나올 말을 틀어막는 것인지, 아이의 표현법이란 그것밖에 없었다. 그님자야, 나더 나더. 그러니 대답이랄 수도 없었다. 어딘가 이상하고 불쌍하고 수꿀했다.

::

마을에 두 장정이 끔찍하게 죽는 일이 있었다.

계끔이네가 더는 마을에서 살 수 없게 된 것도 그 때문이었다. 도망치는 거라고 아버지는 말했으나 모녀 스스로 떠나주는 거였다. 그들의 잘못은 없었으니까.

죽은 장정 둘 중 하나는 아이 엄마의 남편이었다. 남편의 이름이 따로 있었으나 마을에서는 너나없이 그를 꽃서방이라고 불렀다. 그때만 해도 아이 엄마의 이름은 영랑이었다. 지워져 다시 복원되지 못한 이름.

지워지고 복원되지 못한 데는 계끔이라는 아이의 탄생과 그 아이의 이름이 계끔이라고 불린 사정이 있었다. 아이가 꽃서방의 아이가 아니었던 데다 누구의 아이인지도 알 수 없었으니까. 무엇보다 이 모든 곡절의 시작은 참혹한 전쟁이었다.

꽃서방이 꽃서방인 까닭은 꽃잎 거름으로 키운 작물만 먹고 자랐기 때문이었다. 해방 전 군수를 지냈던 부친 소유의 너른 땅 중에 꽃대궐이라고 불릴 만큼 온갖 꽃이 만발하는 임야가 있었는데 그곳에서 수거한 엄청난 꽃잎이 향기로운 거름이 되었다. 꽃대궐을 관리하고 꽃잎을 수거하여 꽃잎 거름을 만드는 전담 일꾼을 따로 두었을 정도로 군수의 아들 사랑이 유별했다.

그러나 그 집안에 두 가지 불운이 닥쳤으니 첫째는 꽃 같은 아들이 근본 모를 홀어미 소생의 영랑과 사랑에 빠진 것이었고, 다른 하나는 일제에 부역했던 부친의 허물을 씻고자 꽃서방이 전쟁 중 보란 듯 의용 입대한 것이었다. 고집을 부려 영랑과 혼인신고를 해 버린 불효에 용서를 비는 뜻도 있었겠으나 어쨌거나 스무 살 새댁 영랑에게는 신혼방에 들자마자 독수공방하는 신세가 되어 버렸던 것이다.

전쟁만 아니었다면 꽃서방의 오랜 출타가 영랑에게는 고통스러운 기다림에 지나지 않았을 것이다. 그러나 모진 전쟁의 피바람이 두 차례씩이나 마을을 덮쳤고 몇몇 부녀자들이 그랬던 것처럼 영랑도 말도 통하지 않는 사나운 외국군 병사에게 재갈을 물린 채 치욕을 당했다.

실은 치욕을 당하기 직전에 화를 면하기는 했으나 시부모에게는 영랑을 쫓아내는 충분한 빌미가 되었다. 당장 갈 곳이 없어진 영랑에게 자기가 살던 쑥구렁집을 내어주었던 사람은 마을 머슴인 시근이었다. 영랑은 그 집에서 일찍 세상을 떠난 어머니의 위패를 모시고 홀로 살았다.

시근이라는 이름에서 사투리를 빼면 세근이었다. 입술이 너무 두꺼워서 썰어 저울에 달면 세 근은 너끈히 되겠대서 세근이라고 했다지만 그 말을 믿는 사람은 거의 없었다. 시근은 말이 없고 억척같고 힘이 장사였다. 외국군 병사에게 치욕을 당하기 직전 영랑을 구했던 것도 시근이었다. 시근이 휘두른 쇠스랑에 외국군 병사는 뒤통수를 찍혀 즉사했다.

3년을 끌던 전쟁이 끝났지만 꽃서방은 돌아오지 않았다. 멀리 도망쳤던 시근도 돌아와 쑥구렁 옆에 움막을 지었고, 꽃서방과 함께 함경도 국군 포로수용소에 수용됐었다던 이웃 마을 봉삼이도 돌아왔건만 그는 돌아오지 못했다.

4년이 지나고 5년이 지나고 6년이 지났다. 영영 돌아올 수 없을 것만 같던 그가 고향 집을 떠난 지 10년도 훌쩍 넘은 어느 날 저녁 소리 소문 없이 마을로 스며들었다. 때는 이미 아비(가시근이라는 소문도 있었지만 끝내)모를 계끔이가 태어나 새록새록 자라던 때였고 영랑이라는 이름도 가뭇없어진 때였다.

　북측 포로수용소에서 행한 부역행위 때문에 남쪽으로 송환된 뒤로도 오랜 세월 보호감호소 신세를 질 수밖에 없었다는 얘기는 꽃서방이 죽은 뒤에 알려졌다. 그는 10년 만에 마을에 돌아온 지 채 46시간도 안 되어 쇠스랑에 뒤통수가 찍혀 숨졌다. 죽기 전날 시근을 찾아와 했다던 말이 그가 세상에 남긴 마지막 말이 되었다.

　"내일 나의 내자와 아이를 데려가리다. 그 동안 곁에서 내자의 명을 보호하고 아이를 보살핀 것 진심으로 감사하오. 이 은혜 꼭 갚으리다."

　말한 대로 꽃서방은 다음날 쑥구렁집에 나타났고 비명도 못 지른 채 쑥밭에 고꾸라졌다. 한껏 예의를 갖춰 양해를 구했다는 꽃서방에게 어찌 그리 무참할 수 있었느냐며 시근을 성토하는 마을 사람들 앞에서 계끔이네 만큼은 세차게 고개를 가로 젓고 저었다.

　"그리 말하지 않았다고? 그럼 뭐랬길래?" 끝내 그녀는 말하지 않았다. 욕지기가 먼저 울컥 울컥 치밀고 올라와 그녀의 말을 가로막았다. 사람들은 계끔이에게도 물었다.

"그님자야, 나더 나더."

계끔이는 그 말을 세 번이나 반복했다. 누구도 아이의 말을 알아듣지 못했다. 꽃서방이 와서 뭐라고 했는지는 시근이가 가장 정확하게 기억할 터였지만 시근은 이미 이 세상 사람이 아니었다. 꽃서방의 시신이 쑥밭에서 미처 다 식기도 전에 자신의 움막 앞 벽오동 가지에 목을 맸던 것이다. 순식간에 감쪽같이 일어난 사태여서 믿기지 않았지만 두 장정이 동시에 사라졌다는 것만은 엄연했고 계끔이네가 그 일에 연루되었다는 점도 부인할 수 없는 사실이었다.

::

계끔이가 마을을 떠난다는 아버지의 말을 들었을 때부터 나는 오줌이 마려웠다.

하지만 오줌을 눠 봐도 오줌이 나오지 않을 거라는 걸 알았다. 계끔이를 보거나 떠올리면 움찔 움찔 오줌이 마려웠는데 막상 누려고 하면 오줌이 나오지 않았었으니까.

아버지와 어머니는 다시 잠들었는지 기척이 없었다. 나는 실눈을 떴다 감았다 하며 날이 밝기를 기다렸다.

나는 나올 오줌인지 안 나올 오줌인지 알았다. 나올 오줌은 아랫배가 팽팽했고 안 나올 오줌은 뒷골이 아릿했다. 이번에도 뒷골 쪽이었다.

계끔이의 말이 고자누룩해져 나긋할 때 뒷골이 아릿해졌다. 계끔이는 놀랄 때도 화날 때도 무서울 때도 슬플 때도 똑같이 "그님자야, 나더 나더."라고 했으나 화날 때는 화나게 들렸고 슬플 때면 영락없이 슬프게 들렸다. 그리고 마음이 차분해지거나 흡족하면 그 소리가 고자누룩해지며 나긋했는데 그럴 때 나는 속절없이 뒷골이 아릿해지며 움찔 움찔 오줌이 마려웠다.

까마중을 따서 싸리바구니에 넣다 보면 내 것이 계끔이 것보다 언제나 많았다. 그럴 때마다 계끔이는 "그님자야, 나더 나더." 라며 샘인지 심통인지를 부렸고, 내 것을 계끔이의 바구니에 뭉텅 덜어주면 "그님자야, 나더 나더." 금세 고자누룩해지며 나긋했는데 그 소리가 어찌나 좋은지 뒷골이 아릿해지며 할딱할딱 오줌이 마려웠다. 하지만 오줌은 죽어라 나오지 않았다.

오줌이 나오지 않는 것으로 끝이 아니었다. 오줌은커녕, 끝은커녕, 나는 안절부절 못하는 똥마려운 개가 되었다. 설령 오줌을 누웠대도 또 자꾸 마른 오줌이 마려워 숨이 가빴고, 암만 물을 마셔도 강다짐한 것만 같이 목이 말랐다. 그래서 오줌을 누든 똥을 누든 뭔가를 해야 하는데 더는 안 나오고 다른 뭔가는 뭔지를 몰라서 전전긍긍, 공연히 눈에 보이는 여름 흰 꽃이란 흰 꽃은 모조리 따서 계끔이의 많은 머리 사이에 꽂고 꽂고 또 꽂았다.

너무 빈틈없이 수북이 꽂아서 어떤 이는 지나가다 그걸 보고 "어라? 머리가 가막살나무 꽃이냐, 덜꿩나무 꽃이냐."라고 했고, 어떤 이는 "야야, 꽃 무거워 계끔이 목 꺾이겠다."라고 했다. 어쨌거나 요의는 좀처럼 가시지 않았다.

　신새벽에 그런 기억들이 한꺼번에 밀어닥쳤다. 계끔이네가 마을을 뜬다는 말 때문이었다. 나를 깨워놓고 아버지는 아무렇지도 않게 다시 깊은 잠에 빠져들었다. 계끔이네가 어디로 가는지도 모른다면서.

　"낸들 아나."

　라고 말했던 아버지. 언제 그랬냐는 듯 입 떡 벌리고 깊은 잠에 빠져든 아버지가 야속하고 세상에서 제일 미웠다. 알지도 못하면서 말은 왜 꺼내? 나는 잠들 수 없었다. 더는 계끔이의 비단털쥐 같은 코, 울금 뿌리 같은 손가락 발가락을 볼 수 없게 되는 거였으니까. 나긋한 '그님자야, 나더 나더.'를 영영 듣지 못하게 되는 거였으니까.

::

　나는 이부자리를 박차고 일어났다. 방문을 벌컥 열고 밖으로 내달았다.

　"깜짝야. 야 야, 왜 그래? 어디가?"

　뒤에서 어머니가 소리쳤다.

　"오줌, 오줌, 오줌!" 나는 뒤도 돌아보지 않았다.

　동쪽 하늘이 희붐하게 밝아오고 있었다. 내쳐 쑥구렁집으로 뛰어 올랐다. 그토록 쑥구렁집에 가까이 다가가기는 처음이었다. 왜 그 집엘 가려는 건지, 가서 정말 계끔이라도 마주치면 뭐랄 셈인지도 모르면서, 잘 가라든가 보고 싶을 거라고 말할 주변도 없으면서 미친 듯 마음 따로 날뛰는 다리를 주체하지 못해 무작정 달려간 거였다.

사립 앞에 다다라서야 덜컥 겁이 났다. 무슨 일로 이 신새벽에 숨차도록 달려왔냐고 물으면 뭐라고 말할까.

걱정은 그러나 한 숨 만에 사라졌다. 사립문은 물론이고 새벽어둠 속에 활짝 열린 창호지 격자문이 죽은 이의 벌어진 검은 입처럼 텅 비어 있었다. 지체 없이 뒤돌아 뛰기 시작했다.

얼음을 지치듯 내리막길을 미끄러져 내려가 우리 집 감나무 앞을 지나 동구 밖으로 내달았다. 차가운 이슬이 이마와 턱에 부딪혀 방울로 떨어져 내렸다. 온밤 내 풀끝에 매달렸던 이슬은 새벽 추위에 얼어 무서리가 돼 있었다.

여남은 개의 미루나무를 지나 한길에 섰다. 뒤섞인 안개와 이슬 때문에 한길 저 끝은 구름에 닿는 꿈길 같았다. 절망이라는 것이 그토록 아스라이 수수께끼처럼 아름다울 수 있다는 걸 그때 처음 알았다. 그때가 아니라 어쩌면 한참 뒤 나이 들어 알게 된 건지도 모른다. 그때는 그저 울고만 싶었겠지. 하지만 나는 울 줄도 모르는 아이였다. 뛰쳐나온 까닭도 모른 채 무서리 내리는 새벽 들국화 길 가운데 언제까지고 서 있었을 뿐이다. 오래오래 귀 기울인 채. 뜻 모를 말이었으나 아이의 마음 전부

였던 단 하나의 소리, 새가 그렇듯 그 아이에게도 울음이면서
노래였을 소리에.

소나기, 2막

○

신은희

소나기는 없다. 소리가 먼저였다.

구름이 몰려들 듯 소리들이 암암리에 결탁해 뒤를 이어가며 허공을 사건으로 만들고 있다. 개울물 소리 개울물 소리 개울물 소리. 소녀의 맑은 웃음소리. 소년의 내달리는 소리까지 다시 소년에게로 달려들었다.

환한 혼돈 속을 소년이 뛰어간다.

조약돌을 되던져야 할 세계가 사라진 건 무덤 탓이 아니었다.

빨리 가야 한다. 그때보다 더 빠르게 달려가야 한다. 소녀를 개울가로 나오게 해선 안 된다. 아직은.

하늘은 쾌청하다. 다행이다. 잠시 숨을 고른다. 개울 쪽으로 돌아앉은 소년의 진흙물 밴 무명 겹저고리가 희미하게 들썩인다.

추상 344, 2006, 130x162cm, oil on canvas

꽃, 갈꽃을 잊으면 안 돼.

빛이 너무 강하다. 기억을 상연중인 빛들.
모든 게 지나치게 선명하다.

– 암전

"그게 아니야!"

갑자기 3막을 먼저 공연하라고 지시했던 감독은 설명할 여유를 잃은 채 버럭 소리부터 질렀다. "그게 아니라구!"

오십여 년 전이었다. 시인이기도 했던 노작가가 무대에 올렸던 1막은 소녀의 죽음으로 끝나는 이야기였고 그 죽음은 모든 이에게 잊지 못할 별이 되었다. 그렇게 영원해진 1막의 전설은 수없는 2막들을 무대로 불러냈다.

그런데 오늘 갑자기 2막이 없는 채로 3막이 공연된 것이다. 하물며 그때까지 이번 2막의 대본조차 보지 못했으니 정작 당황한 건 무대 위의 배우들이었다.

특별히 이 리허설에 초대된 관객들은 평소 감독의 전위성을 알고 있었던 터라, 모호한 내용에 대한 평가에만 급급했지 막의 순서가 바뀐 것은 상관없다는 듯한 태도들이었다.

그들이 중요하게 여긴 건 1막과의 유사성뿐이었다. 그 피상적이고 요란한 관심이 사실상 2막을 가로막고 있다는 걸 그들이 알 리 없었다.

초조해진 감독은 일단 막을 내렸다.

객석에서 부산스럽게 자리를 뜨는 소리가 막 안쪽까지 전해졌다. 아직도 영문을 모르는 배우들만 멀뚱멀뚱 서로의 관객처럼 다른 배우를 쳐다보고 있다. 바로 질책과 불호령이 떨어질 줄 알았던 감독은 의외로 침묵이다. 그 침묵의 의미를 알 수 없어서 다음 순간을 불안하게 기다리며 곁눈으로 감독을 바라봤다.

빈 무대에 서있기라도 한 듯 시선을 허공에 둔 감독은 1인극의 배우 같다. 어쩌면 그가 오랫동안 기다려온 결정적 한순간일까.

조명도 없이 그의 어둠이 밝다.

- 암전

윤초시네 증손녀가 소년의 마을로 이사 온다. 쉬지 않고 흐르는 개울 위 소년의 일상의 길이던 징검다리 한가운데 앉아 있던 소녀. 소년은 선뜻 그 징검다리를 건너갈 수가 없다. 몸이 약한 소녀의 하얀 얼굴이 소년을 처음으로 당혹스럽게 한다. 어느 날인가 두 사람은 마을의 갈림길에서 소녀의 집이나 소년의 집으로 난 길이 아닌 먼 벌 끝 산 너머로 길을 나선다. 동화 속 시간을 보내던 그들이 갑자기 소나기를 만나며 삽시간에 주위가 보랏빛으로 변한다. 소나기로 인해 둘은 서로의 온기를 나눈다. 그날 맞은 비로 소녀의 병이 악화되었고 소년과 함께하듯 붉은 진흙물이 든 그날의 분홍스웨터를 입고 소녀는 결국 영원히 떠났지만 소년에게 소나기였던 소녀의 하얀 조약돌은 주머니 속에 아직도 들어있다.

왠지 연극 장면처럼 보이던 긴 침묵 끝에 조약돌을 쥐듯 호주머니 속 빈손을 동그랗게 움켜쥐고 드디어 결심이 선 감독이 미술팀에게 크게 소리쳤다.

"푸른 소나기! 지금!"

만들어놓았던 단단한 하늘의 한 축을 누군가 잡아당겨 뒤집기라도 한 걸까. 소리부터 시작된 소나기는 그것 외에는 아무것도 없다는 듯 푸르고 강렬하게 공간을 메워갔다.

그러나 그것은 1막의 소나기가 아니었다. 다시 설명되어야 할 시간과 먼지의 새로운 서사가 무대 위로 쏟아졌다.

"푸른 소나기. 푸른 소나기. 이것이 2막이다." 소년처럼 상기된 얼굴로 감독이 소리쳤다.

"순환되어 흘러온 별의 시간 그러나 다시 암호가 된 푸른 서사."

놀라움과 함께, 마치 무대가 없어진 것 같은 소나기의 시간 속에서 배우들은 이상하게도 자신도 모르는 어떤 소리를 내고 싶어졌다. 비로소 2막의 서사가 시작되려 하고 있었다.

(그 순간)

아주 오래전 1막의 주인공들이 무대 중앙으로 걸어 나온다.

그들이 소년인지 노인인지 알 길은 없다.

– 암전

소나기 데이터 센터

○

성혜령

그 여자는 M사의 클라우드 서비스 종료 날 나타난 유령이었다. 특별한 이유 없이 보안 시설 주변을 배회하는 사람들을 우리는 유령이라고 불렀다. 선배들은 유령을 잘 다뤄야 한다고 말했다. 있어도 없게 만들어야 하며, 없어도 있는 듯 대비해야 한다고.

내가 처음 보안요원 일을 시작했던 곳은 M사의 하청 반도체 공장이었다. 중부 지방 소도시에 있던 곳이었고 숙식을 해결해준다는 점이 마음에 들었다. 나는 사수 한 명과 함께 야간 조에 배정받았다. 사수는 군대 조교 출신이었는데 편하게 해, 라는 말을 버릇처럼 달고 살았다. 물론 그 말을 듣고 편해진 적은 없었지만.

나는 사수와 함께 2평 남짓 되는 보안실에 앉아서 적외선 카

추상 248, 2007, 80x100cm, oil on canvas

메라를 통해 전송되는 실시간 영상을 지켜보다가 두 시간마다 함께 순찰을 나갔다. 생각보다 밤에 움직이는 것들이 많았다. 어디선가 자꾸 떨어지는 쓰레기들, 길고양이와 들개들, 심지어 고라니와 멧돼지를 본 적도 있었다. 그리고 유령들이 있었다.

적외선 카메라를 통해서 번쩍이는 안광을 밝히며 나타난 유령들은 산책 나온 사람처럼 휘적휘적, 공장을 한 바퀴 둘러보기도 했고 뜬금없이 앞구르기를 하며 지나가기도 했다.

사수가 말했다.

밤에 깨어 있는 사람들은 유령이 된다고. 그러니까 인생을 너무 고단하게 살지 말라고. 편하게 해, 어?

M사는 1년의 유예기간을 두고 클라우드 서비스를 종료시켰다. 내가 M사의 데이터 센터로 옮겨온 뒤 얼마 지나지 않아서였다. 클라우드 데이터 센터는 데이터 샤워 센터로 명칭이 바뀐다고 했다. M사의 휴대폰을 산 고객에게 무료 사진 백업용 클라우드 서비스를 제공하는 데 쓰였던 거대한 서버들에서 모든 데이터를 삭제하고 기업들에게 유료 서비스를 제공한다는 계획이었다.

데이터 센터의 로고였던 둥근 구름 모양은 소나기를 상징하는 직선으로 대체되었다. 유료 서비스 이용 고객들에게는 소나기처럼 시원한 속도를 제공한다는 게 새로운 데이터 센터의 캐치 프레이즈였다.

수많은 사람들의 기억과 추억이 저장되어 있는 곳에서 일한다고 생각하면 가끔 기분이 좋았다. 클라우드 서비스가 종료되면서 더는 여기에 무엇이 저장되어 있을지 짐작할 수조차 없어졌다. 그렇다고 무언가 크게 변한 것은 아니었다. 나는 여전히 3교대를 서면서 망가진 수면 리듬으로 낮에도 밤에도 졸음과 싸웠고, 언젠가는 이 일을 그만두어야 할 텐데 생각하면서 자격증이나 이력서를 준비하지도 않았다. 그리고 밤에 나타나는 유령들이 더는 무섭지도, 흥미롭지도 않게 되었다. 하지만 그 여자는, 조금 달랐다. 다른 유령들에게서 보지 못한 끈기가 있었달까.

그 여자는 밤 11시 46분에 처음 모니터에 들어왔다. 씨름부 출신 선배가 키우고 있는 고양이 사진을 지칠 줄 모르고 보여주어서 몇 번이나 귀엽습니다, 정말 귀엽습니다 라고 답해주고 있던 때였다.

여자는 데이터 센터를 한 바퀴 빙 둘러 걸었다. 유령들이 대개 그렇듯 갑자기 나타났다 사라지길 기다렸지만 여자는 가지 않았다. 한 바퀴를 돈 뒤 다시 한 바퀴, 그리고 또 한 바퀴. 마치 탑돌이를 하듯이 천천히, 하지만 일정한 보폭으로 고개를 숙이고 여자는 데이터 센터 주변을 빙빙 돌았다. 휴대폰을 하거나 음악을 듣고 있는 것 같지도 않았다.

선배는 고양이가 자기 무릎에서 잠들어 있는 사진을 내게 보여주다가 여자를 발견했다. 처음에는 가만히 여자를 지켜보던 선배가 한마디 했다.

미친년인가.

실제로 센터에서 멀지 않은 곳에 폐쇄 정신병동이 있다고 했다. 환자가 탈출했다는 소문이 괴담처럼 돌곤 했지만 실제로 본 적은 없었다. 여자는 어딘가 이상하다기보다 무언가가 사라진 사람 같았다. 태엽이 풀린 인형이나 바람이 빠진 풍선처럼 몸이 근육과 뼈가 아니라 속이 텅 빈 무언가로 이루어진 것처럼 보였다. 그러면서도 걸음을 멈추지 않았다. 순찰 시간이 되자 선배는 장비를 단단히 챙기라고 했다. 장비에는 가스총도 포함되어 있었다.

우리가 다소 비장하게 순찰을 나갔을 때 여자는 사라지고 없었다. 그날부터였다. 11시 순찰을 끝내고 1시 순찰을 가기 전에 어떻게 우리가 없는 시간을 알았는지 여자는 꼭 그 사이 어디쯤엔가 데이터 센터에 나타나서 주위를 빙빙 돌다 사라지곤 했다.

이 여자에 대해서 곧 보안팀 전체가 알게 되었다. 팀장은 여자가 손에 아무것도 쥐고 있지 않다는 점, 땅을 보며 걷고 어딘가를 특별히 살펴보고 있지 않다는 점 등을 보면 당장 위험등급으로 처리하기는 어렵지만, 주시하라고 했다.

말 그대로 나는 그 여자를 주시했다. 여자가 모니터에 들어오는 순간부터 한 순간도 놓치지 않고, 옆에서 선배가 고양이 사진을 보여줘도 아랑곳없이, 그 여자가 걸을 때 허리를 몇 번 두들기는지까지 나는 세었다.

그리고 어느 날, 여자가 나타난 지도 거의 한 달이 지나가는 무렵이었다. 나는 그냥 알게 되었다. 여자는 슬퍼하고 있었다. 그것을 깨달은 순간, 화면 속에서 여자가 풀썩 넘어졌다. 앞으로 고꾸라진 자세로 여자는 한참을 일어나지 못했다. 나는 선배에게 아무런 말없이 보안실을 나갔다. 여자는 후문 근처, 넘어진 그 자리에 그대로 있었다. 마치 하늘에서 불시착한 사람처럼 보였다. 내가 다가가자 여자는 다소 공격적인 목소리로 갈 거예요, 하고 말했다. 나는 여자 옆에 주저앉았다.

왜 자꾸 오세요?

그동안 계속 묻고 싶었던 말이었다. 얼굴을 팔에 묻고 있었으므로 여자의 표정을 볼 수 없었지만, 여자가 왠지 슬퍼졌다는 것을 알 수 있었다.

사진이 다 날아갔어요. 여자가 말했다. 일 년 동안 서비스 종료한다고 문자 보내고 메일 보냈는데 그때 뭐하시고요? 내가 물었다. 교도소에 있어서 아무것도 몰랐어요. 여자의 목소리는 조금 날 서 있었다. 교도소요? 나는 또 물었다. 애인이 죽었거든요. 네? 내가 너무 큰 소리를 냈는지 여자는 잠깐 짧게 웃었다. 내가 죽였으면 이렇게 일찍 나왔겠어요? 애인의 장례를 내가 치렀거든요. 가족들이 안 치른다고 해서. 근데 제가 법적인 권리가 없대요. 그게 위법이래요. 애인이랑 십 년을 같이 살았는데도요. 여자는 그 말을 하고 자리에서 일어났다. 무릎을 툭툭 털고 얼굴을 한 번 쓸었다. 나는 왠지 일어날 수 없었다. 여자는 나를 돌아보지 않고 앞으로 나갔다.

여자는 데이터 삭제 작업이 끝나고 센터가 이름을 바꾼 날부터 오지 않았다. 그동안 여자는 서버에 남아있을지도 모르는 사진들을 한 걸음 한 걸음 걸을 때마다 불가사의한 방법으로 자기 기억으로 전송받고 있었는지도 모르겠다. 그 후 유령들을 만날 때마다 나는 속으로 넘어지지 말자고, 누구에게 하는 건지 모를 말을 중얼거리곤 했다. 우리 모두 이 밤을 무사히 걸어나가면 좋겠다고.

꼬마 미야를 찾아서

○

박상우

반세기가 흐른 지금까지도 내 여섯 살 시절에 겪은 고통스런 생이별 장면은 잊히지 않는다. 세월이 흐를수록 그 기억들은 더욱 선명해지고 또렷해져서 지금 바로 이곳에서 방금 전 일어난 일처럼 가슴을 아리게 한다. 그 경험과 기억이 나에게 아로새겨지지 않았다면 나는 틀림없이 다른 인생을 살게 됐을 거라고 수도 없이 확신하곤 했었다. 작가가 된 이유, 그리움의 원형을 천형처럼 가슴에 품고 살아야 하는 이유, 그것이 바로 그것이기 때문이다.

그날 밤 잠결에 나는 어렴풋하게 천둥소리와 빗소리를 들었다. 잠이 깨기 시작하고, 모든 소리들이 점점 선명해지면서 천둥과 빗소리 사이로 아버지 음성이 밀려들었다. 나는 눈을 감은 채, 잠이 거의 깨어 아버지의 말을 들었다.

"오전에 공병대에서 트럭이 올 거요. 아이는 먼저 가도록 할 테니 당신은 짐정리가 끝나는 대로 트럭을 타고 가도록 하시오. 나머지는 내가 병력들 데리고 다 정리하고 가겠소."

아버지의 말에 이어 알았어요, 하고 나직하게 대답하는 엄마의 음성이 들렸다. 전후 맥락을 이해할 수 없는 말에 나는 아무 관심을 두지 않았다. 다만 눈을 감은 채 어서 다시 잠을 자야지, 하는 마음의 소리를 들었을 뿐이었다. 그러자 잠기운에도 불구하고 나도 모르게 입가에 엷은 미소가 번졌다. 그것은 물론 꼬마 미야를 생각한 때문이었다.

그 시절 꼬마 미야는 내 여섯 살 인생의 전부였다. 아버지가 오지의 군부대로 배속되어 이사를 온 뒤로 강 건너 군부대 말고는 인근에 집이 하나도 없어 나는 오직 주인집 딸인 다섯 살 미야하고만 놀았다. 미야가 너무 작아 그녀의 아버지도 그녀를 꼬마야, 하고 부르고 우리 부모님도 그녀를 그렇게 불렀다.

꼬마 미야.

미야는 엄마가 없었다. 찹쌀모찌를 집에서 만들어 어딘가로 내다 파는 그녀의 아버지 밑에서 미야는 자랐는데 그녀의 차림새가 너무 남루해 이사 간 첫날부터 나는 큰 충격을 받았다. 그녀는 당시 말로 '난닝구와 빤쓰' 차림으로 마당에서 흙장난을 하고 있었다.

내가 그녀를 눈여겨보자 흙장난을 하던 그녀가 이윽고 고개를 들고 나를 보았다. 두 눈이 왕방울만한 그녀의 얼굴을 보는 첫 순간 나는 가슴이 무너져 내리는 걸 느꼈다. 인생에 그런 순간을 몇 번이나 경험할 수 있을까만 그것이 내 인생에서는 가장 강렬했던 운명적 각인의 순간이었다.

꼬마와 나는 낮 동안 손을 잡고 마을 이곳저곳을 돌아다니거나 울타리 밑에서 소꿉놀이를 하거나 물이 말라버린 계곡을 따라 날마다 조금씩 산중으로 더 깊이 들어가는 가슴 졸이는 행보를 계속했다. 뙤약볕이 쏟아지는 한낮의 계곡에서 뱀을 본 적도 여러 번 있었다. 마을에는 낮 동안에도 사람의 모습이 거의 보이지 않았고 개울 건너편 언덕 위의 집에는 문둥병 환자가 숨어 아이들 간을 빼 먹으려 잠도 자지 않고 있다는 흉흉한 소문이 돌기도 했다.

어느 날, 나는 꼬마의 손을 잡고 개울 건너편 언덕 위에 있는 문둥이 집으로 가자고 했다. 그녀는 내가 하자는 일에 단 한 번도 반대를 한 적이 없었는데 그날은 손을 빼며 걸음을 옮기려 하지 않았다. 나는 그녀를 안심시키기 위해 그 집까지 가지 않고 그 집으로 오르는 언덕 중간쯤에 있는 커다란 느티나무가 있는 곳까지만 가자고 했다. 그렇게 해서 느티나무가 있는 곳까지 당도한 뒤에 나는 그녀의 손을 놓고 나 혼자 그 집 마당에 가보고 오겠다고 했다.

이상한 일이지만 나는 문둥병 환자를 보고 싶어 하는 끈덕진 마음의 부추김에 시달리고 있었다. 내가 손을 놓자 그녀의 커다란 눈망울에서 굵은 눈물방울이 마구 쏟아지기 시작했다. 울음소리를 내지 않고 단지 눈물방울만 쏟아내는 걸 보고 나는 진퇴양난의 심정이 되어 그녀의 손을 다시 잡았다. 그리고 이마와 콧등에 땀방울이 맺히는 걸 느끼며 그녀의 손을 힘주어 잡고 언덕 위의 집으로 올라갔다.

그날 꼬마와 나는 언덕 위의 집 마당에 서서 우주에서 가장 공포스런 몇 분 동안의 시간을 체험했다. 격자무늬의 방문 아래쪽에 붙은 유리를 통해 밖을 내다보는 기이한 사람의 얼굴 — 깡마른 채 두 눈만 퀭한 그 사람의 얼굴이 어떤 때는 잿빛으로 어떤 때는 초록빛으로 지금도 기억을 오락가락하게 만드는 건 그것을 목격하던 그날의 공포심이 너무나도 극심했기 때문일 터이다.

그날 집으로 돌아간 뒤부터 며칠 동안 꼬마는 마당에 나타나지 않았다. 나는 미칠 것 같은 심정으로 꼬마네 문 앞을 오가며 행여 그녀의 목소리라도 들리지 않을까 가슴을 졸여야 했다. 하지만 그녀는 사나흘이 지난 뒤에야 병자처럼 해쓱해진 얼굴로 나타나 멋쩍은 미소를 지어보였다. 나는 며칠 동안 바지주머니에 넣고 다녀 누글누글해진 초콜릿과 캔디를 꺼내 그녀의 손에 가득 쥐어 주었다. 그것은 아버지가 영내 PX에서 가져온 것들이었다.

그녀와 내가 일 년 넘게 한 지붕 두 가족 생활을 하던 어느 날 밤 나는 잠결에 아버지와 어머니가 주고받는 맥락을 이해할 수 없는 말을 잠결에 들었다. 하지만 다음날 아침이 밝았을 때 세상에는 햇살이 너무나도 청명하게 빛나고 있었고 전날 밤의 천둥과 빗소리는 내 기억 어디에도 남아 있지 않았다.

아침부터 군부대 트럭과 몇 명의 군인들이 와서 방문을 열고 이삿짐을 옮기기 시작했다. 어머니는 방과 부엌을 오가며 세간 살이를 박스에 담고, 보자기에 싸서 꾸리고, 버릴 것들은 대문 밖에 모아 두는 일을 지속적으로 하고 있었다. 하지만 나는 어른들이 우리 집에 와서 부산하게 움직이는 걸 흥겨운 시선으로 바라보며 대문 밖 흙더미 앞에서 미야와 소꿉놀이를 하고 있었다.

언제나처럼 납작하고 둥근 돌로 만들어진 밥상 위에 미야는 밥과 반찬을 차렸다. 흰 종이를 찢어 쌀밥이라고 하고 주변에서 풀을 뜯어다 반찬이라고 차려놓은 것이었다. 그러면 나는 몇 걸음 바깥에 서 있다가 그녀 쪽으로 다가가며 여보, 다녀왔소, 하고 어른스런 어조로 말했다. 물론 아버지가 날마다 집으로 돌아올 때 하는 걸 흉내 낸 것이었다. 그러면 미야는 어서 오세요, 진지 드셔야죠, 하고 응대했다. 내가 미야에게 우리 엄마 흉내를 내게 한 것이었다. 엄마가 없는 미야가 엄마 흉내를 낼 때 나는 왠지 모르게 마음이 따뜻해지는 걸 느꼈다.

그렇게 미야와 내가 소꿉놀이에 집중하던 어느 순간, 나는 갑자기 공중 들림을 당했다. 미야와의 엄마아빠 놀이에 완전하게 몰입하고 있었기 때문에 나는 내가 처한 상황을 선뜻 알아차릴 수 없었다. 공중으로 들어 올려짐과 동시에 나는 사지를 버둥거리기 시작했고 미야는 쪼그리고 앉았던 자세에서 발딱 일어나 공중에 들린 나를 공포에 질린 눈빛으로 올려다보았다. 그 순간, 한껏 크게 치켜떠진 그녀의 두 눈망울에 가득 들어차 있던 공포감을 나는 찰나처럼 알아차리고 더욱 사지를 버둥거렸다. 하지만 나를 사로잡은 엄청난 완력을 나는 이길 수 없었고 그 상황이 너무 무서워 정신이 혼미해지고 있었다.

한순간 뒤에 나는 어두컴컴하고 밀폐된 공간으로 옮겨졌다. 곧이어 어떤 말들이 빠르게 귓전을 스쳐갔지만 나는 그것이 무엇을 의미하는지 전혀 알아차리지 못했다. 밀폐된 공간 뒤쪽에 뚫린 네모난 공간으로 밖을 내다보며 필사적으로 미야를 눈에 담았다. 미야도 안에 갇힌 나를 주시하며 꼼짝 않고 서서 벌벌 떨며 눈물을 흘리고 있었다. 그것이 그녀와 내가 강제적으로 헤어지는 순간이라는 걸 나는 본능적으로 알아차리고 밀폐된 공간을 주먹으로 두드리며 밖으로 뛰쳐나가려 했지만 곧이어 또 다른 완력이 나의 어깨를 눌러 나는 더 이상 버둥거릴 수도 없는 상황이 되어버리고 말았다.

미야가 빠르게 멀어지고 또한 작아지고 있었다. 단 몇 초 만에 그녀는 뽀얀 먼지 속에 파묻혀 더 이상 보이지 않았다. 너무나도 깊은 충격으로 인해 나는 그때 이미 깊은 의식의 정지 상태에 빠져 있었다. 어느 정도의 시간이 흐르고 어느 정도의 거리를 이동했는지 나는 알 수 없었다. 충격이 너무 컸던 나머지 공포감 이외 기억에 남아 있는 게 없었다. 내가 미야로부터 까마득하게 멀어지고, 그녀가 나로부터 까마득하게 멀어지고 있다는 사실만 극명하게 나를 사로잡고 있었을 뿐이었다.

이사한 다음날부터 나는 심한 열병을 앓기 시작했다. 원인 불명의 열이 올라 집으로 방문한 의무병에게 날마다 엉덩이 주사를 맞아야 했다. 열이 스러진 뒤에도 주변 환경에 적응하지 못한 채 나는 기억의 세계에만 몰두하며 몽환적인 나날을 보냈다. 하지만 그런 와중에도 나의 심중에 대나무처럼 곧게 뻗어 오르는 내밀한 결심과 각오가 있었다. 지금 이곳을 벗어나 어떻게든 미야가 있는 곳으로 돌아가야 한다는 것. 엄마가 한글을 가르쳐 주고 아버지가 군부대 PX에서 빵과 드롭프스 같은 걸 가져다줘도 나의 일념에는 변함이 없었다. 그것 말고 내가 이 세상에 존재해야 할 이유가 더는 없다고 나는 단정하고 있었다.

미야에게 돌아가야 한다는 것!

::

이사를 간 다음날부터 열여덟 살이 될 때까지 내 인생의 초점은 오직 꼬마 미야에 맞춰져 있었다. 순수로부터의 강제 결별, 잃어버린 낙원에 대한 갈망, 회귀에 대한 치열한 욕망이 그 12년 세월의 전부라 해도 과언이 아니었다. 나는 현실에 집중

할 수 없었고, 공부하는 것 이외 세상만사에 도무지 관심을 가질 수 없었다.

꼬마 미야에게 돌아가야 한다는 강박에도 불구하고 나는 그녀로부터 점점 더 멀어지는 인생의 궤적을 그리며 살아야 했다. 아버지의 전역과 귀향, 그리고 계속되는 이사의 와중에 나는 어느 지방도시에서 유학생활을 하는 사춘기 고등학생이 되어 있었다.

세상에 대한 무관심과 순수에 대한 갈망이 한껏 부풀어 오르던 2학년 겨울방학의 어느 날 나는 보충수업을 하던 중에 가방을 들고 슬그머니 교실을 빠져나와 학교 담을 넘어 하숙집으로 왔다. 그리고 가방을 꾸려 드디어 꼬마 미야에게로 가는 대장정에 올랐다. 시외버스를 타고, 기차를 타고, 다시 버스를 타고, 차가 다니지 않는 비포장 길을 한 시간 넘게 걸어 당도한 그곳.

내가 꼬마 미야와 살던 옛동네에 당도했을 때는 희끗희끗 눈발이 흩날리는 저물녘이었다. 거기까지 가는 아홉 시간 동안 나는 오직 미야를 만날 거라는 기대감, 그녀가 그곳에서 온전하게 나를 기다리고 있을 거라는 희망에 부풀어 가슴이 미어터질 것처럼 두근거리고 있었다. 내 인생에서 희망과 기대가 그렇게 한껏 부풀어 오른 적은 그때가 처음이자 마지막이었다.

그녀와 내가 살던 동네는 흔적이 완전히 사라지고 거기에는 거대한 과수원이 음험한 자태를 드러내고 있었다. 나는 꼬마 미야네 집이 있던 자리를 어림짐작으로 가늠하며 과수원 울타리를 얼마나 오래 서성거렸는지 모른다. 도무지 있을 수 없는 일, 세상에서 일어나서는 안 될 일을 경험하며 나는 무너지고 있었다. 모든 기다림, 모든 희망, 모든 가능성이 거기서 끝을 맺고 있었다.

　현실의 지도로는 더 이상 찾아갈 수 없고, 만나고 싶어도 더 이상 만날 수 없는 대상을 마음에 품고 살아야 하는 운명의 소유자. 그 순간, 나는 현실에 대한 정신적 면역력 내지 대응력이라는 걸 송두리째 상실하고 말았다. 그렇게 이른 나이에 청춘이 꺾어지고, 인생의 초점을 상실한 인간이 되어 나는 오랜 세월 방황했다. 수긍되지 않는 것을 수긍하지 않기 위해 을씨년스런 현실과 싸우지 않을 수 없었다. 그리운 것은 아무것도 되돌아오지 않고, 되돌아오지 않는 걸 그리워하는 인간의 가슴은 병든다는 것 — 꼬마 미야의 상실을 통해 나는 그것을 뼈저리게 깨우치지 않을 수 없었다.

　더 이상 무슨 희망으로 세상을 살아야 하나.

::

　소설가로 평생을 일관하며 사는 동안 꼬마 미야는 내 작품세계의 뿌리가 되어 주었다. 내 소설의 도처에 변형된 그녀가 드리워져 나를 사로잡고, 흔들고, 눈물짓게 만들었다. 소설이라는 게 어차피 우리 모두가 잊고 사는 인생의 시원을 말하려는 몸부림이 아니고 달리 무엇이겠는가. 그 순수를 향한 동경을 말하려는 몸부림이 아니고 달리 무엇이겠는가.

소설 밖의 현실에서는 가끔 술에 취해 노래방에 갈 기회가 생길 때마다 최백호의 '낭만에 대하여'를 부르며 가슴 저리게 그녀를 그리워했다. '첫사랑 그 소녀는 어디에서 나처럼 늙어갈까'라는 소절을 부를 때는 나도 모르게 눈두덩이 욱신거릴 때가 많았다. 아무려나 꼬마 미야 같은 대상을 마음에 품고 평생을 살 수 있었다는 걸 감사하게 생각한 적도 있었다. 이루지 못한 것의 이면에 드리워진 더 깊은 생의 의미도 또한 엿볼 수 있었다.

그것이 실제 나의 경험이었을까.

이 소설을 청탁 받고, 그것을 쓰는 동안 이상한 의구심 한 가지가 고개를 들었다. 꼬마 미야의 이야기가 진짜 내가 경험한 것인가, 그녀와 내가 어린 시절을 보낸 장소가 실제로 있는 곳인가, 의심스러웠다. 너무 오랜 세월 전에 겪은 일, 오직 의식 속에서만 생생하게 유지되어온 그것을 현실적으로 확인해보고 싶다는 생각이 들었다.

내 기억 속에 남아 있는 지명을 네이버 길찾기에 입력하자 놀라운 결과가 내 눈을 의심하게 만들었다. 지금 내가 살고 있는 곳으로부터 53km 거리에 그 옛날 내 기억의 터전이 있다고 검색 결과는 말하고 있었다. 내 삶의 터전이 너무 여러 번 바뀌어 미야와 함께 살던 그곳의 물리적 좌표를 까마득한 망각의 늪으로 밀어 넣은 때문인지도 모를 일이었다.

53km, 승용차로 1시간 7분 거리.

물리적으로 말하자면 차로 달려 고작 한 시간 거리에 내 마음의 본향은 있었다. 그럼에도 불구하고 나는 평생 그곳을 비현실적인 공간, 차원 밖의 세계쯤으로 의식하며 살아오고 있었다. 현실을 물리적인 세계라고 말할 수 있다면 미야와 내가 살던 세계는 비현실적이고 비물질적인 세계라고 해야 할 터였다. 그 비현실적이고 비물질적인 세계가 지금까지 나의 현실적이고 물질적인 세계를 떠받치고 있었던 건 아닌지, 갑자기 모든 인생 드라마의 구조가 선명하게 드러나는 것 같아 모골이 송연해졌다.

원고를 보내고 나서 53km 밖에 존재하는 그곳을 찾아가기로 했다. 그곳에 가서 내가 보게 될 것, 느끼게 될 것에 대해 별다른 기대는 하지 않는다. 열여덟 그때처럼 깊은 충격에 빠져

세상을 비관할 만한 나이도 아니고 그곳에서 나처럼 나이 들어가는 꼬마 미야를 만날 거라는 낭만적인 기대도 하지 않는다. 하지만, 그래도, 혹시나, 어쩌면, 하는 마음까지 접어 두진못 한다. 서로 못 알아보며 스쳐지나가는 인연이라도 생길지 어찌 알겠는가. 그냥 그렇게, 인생이 깊어가는 시기에 각별한 행차를 하게 된 게 눈물겹게 고마울 따름이다. 꼬마 미야의 존재에 대해, 그녀를 그리워하며 살아온 내 존재에 대해, 그 모든 것을 품어준 일장춘몽의 인생에 대해.

후포, 지나가는 비

○

윤대녕

추상 348, 1990, 130x162cm, oil on canvas

내가 스무 살이 되던 대학생 새내기 시절, 그녀와 만나게 된 것은 단지 우연이었을까? 그때는 그런 의혹에 사로잡힌 적도 없지만, 이제와 돌이켜보면 내 안에 웅크리고 있던 어떤 환영에 이끌렸던 것이라는 생각이 들곤 한다. 세상 모든 만남과 인연이 대개 어떤 그림자를 드리우고 있듯이.

그녀가 유독 눈에 끌린 건 화사한 원피스에 양산을 쓰고 다녔기 때문이었다. 또 대학생으로서는 드물게 퍼머넌트한 머리를 끈으로 묶어 뒤로 넘긴 모습이었다. 마치 60, 70년대 영화에 등장하는 여배우처럼. 늘 도도하고 차가운 인상이었기에 누구도 그녀 주변에 선뜻 다가가지 못했다.

어느 날 수업이 끝나고 인문관 건물을 나서는데, 난데없이 하늘에서 여우비가 몰려왔다. 쾌청한 오후였기에 나는 순간 신비스러운 감정에 휩싸였다. 그 감정에 이끌려 앞서 계단을 내려가던 그녀를 따라가 버스 정류장까지 양산을 같이 쓰고 가면 안 되겠냐고 물었다. 그녀는 흘끗 나를 돌아보더니 별말 없이 마저 계단을 내려갔다. 예의 무표정하고 냉랭한 얼굴이었다. 그래도 나를 양산 밖으로 밀어내지는 않았다.

내가 어색함을 지우려 거듭 말을 붙이자, 도무지 입을 열 것 같지 않았던 그녀가 마침내 툭 내뱉었다.

"촌스럽게 고향 따위는 와 자꾸 물어쌌노. 내 울진 후포 사람인기라."

별안간 튀어나온 경상도 사투리에 내심 당황했으나, 그 억센 억양 때문에 오히려 긴장이 조금 풀어졌다. 울진이 금강송으로 유명하다는 얘기는 들어봤으나, 후포라는 지명은 생소했다. 그녀는 본가가 후포항에 있다고 덧붙였다. 아버지가 어선을 소유한 선주라니 유복하게 자랐겠거니 싶었다. 겉보기와 달리 그녀는 성격이 시원시원하고 바닷가 출신답게 해물을 좋아했다. 아니, 그리워했다. 정류장에 서서 여우비가 지나간 텅 빈 하늘을 올려다보고 있자니, 그녀가 대뜸 '니 배고프지 않나? 내하고 저녁 먹고 갈래?'라고 말했다.

버스를 타고 시내에 내려 시장통 허름한 횟집을 찾아가 마주 앉자, 그녀는 내게 묻지도 않고 문어숙회와 소주를 주문했다.

"내 서울에 와보니 막상 먹을 게 없는기라. 우리 집 식탁엔 늘 피문어가 빠지지 않고 올라왔다 안카나. 울진 피문어는 남해 돌문어하고는 맛이 천지 차이로 다른기라. 마 쌀과 보리의 차이라고 해두자."

그날 나는 생전 처음 동해 피문어 맛을 보았다. 구수하고 쫄깃하면서도 달큰한 첫맛을 지금도 생생하게 기억하거니와, 그 후 나는 경기도 내륙 출신임에도 피문어와 해물을 좋아하는 사람이 되었다. 아마도 그녀를 아주 좋아했던 것 같다.

만남이 거듭되면서 그녀가 그 특유의 직설화법으로 내게 물어온 적이 있다.

"니 혹시 내 좋아하나?"

나는 기습을 받은 사람처럼 당황했다. 얼른 대꾸를 못하고 물끄러미 그녀를 바라보다 나는 그런 것 같다고 고개를 끄덕였다. 그녀는 확인하는 표정으로 재촉해서 물었다.

"와 내를 좋아하는데?"

주위에 앉아 있던 사람들이 이쪽을 돌아보며 숨죽여 웃고 있었다. 나는 한심스럽게도 또 우물쭈물 되받았다.

"그게 뭐, 일목요연하게 설명이 가능한가? 사람의 마음이나 감정이란 게 직선이 아닌 곡선 형태의 미묘함을 내포하고 있는 거잖아. 색깔도 매순간 다채롭게 변하게 마련이고."

그녀가 술잔을 테이블에 탁 내려놓으며 핀잔조로 쏘아붙였다.

"뭐가 그리 복잡하노. 내는 니가 내 어떤 점에 끌렸는지 고것이 궁금하다는 말이다. 와 말을 빙빙 돌리노, 돌리길."

"······"

"다시 간단명료하게 얘기해 보그라."

사이를 두었다가 나는 이렇게 대꾸했다.

"너 혹시 원피스에 양산 쓰고 다니는 여대생이 사람들의 이목을 끈다는 거 알고 있어? 나도 그들 중 하나였는데, 운 좋게도 지금 그 여대생과 마주앉아 술까지 마시고 있네. 이게 웬 행운인지 모르겠지만."

그러자 그녀가 식당 안이 울릴 정도로 자지러지게 웃어댔다. 뭐, 원피스하고 양산?

그날도 그녀와 처음 술을 마셨던 시장통 횟집에서 일었던 일이었다.

울진 후포

그해 여름방학에 나는 그녀를 만나러 버스를 몇 번이나 갈아타며 울진에 갔다. 곧 태풍이 몰려올 거라는 예보가 있었고, 비가 오다말다 반복하는 변덕스러운 날씨였다. 막상 도착해 보니 후포는 큰 항구였다. 그녀는 단출하게 청바지에 티셔츠 차림으로 나타나 내게 후포항 주변을 구경시켜 주었다. 언덕에 있는 등대와 낫 모양으로 구부러진 긴 방파제와 인근의 해수욕장까지. 그리고 바람이 몰려오면서 날이 흐려지자 후포항으로 돌아와 저녁을 먹자며 횟집으로 나를 데려갔는데, 대게가 쟁반 위에 가득 담겨져 나왔다. 그녀는 어딘가 모르게 상기돼 보였고, 나도 마음이 들뜬 상태에서 시간이 흘러갔다. 시나브로 날이 어두워지고 식당 밖에서 빗방울 듣는 소리가 귀에서 점점 커져 갔다.

그녀는 다음 날 나를 불영사에 데려가고 싶다고 했다. 봄이 면 온통 아카시꽃 향기로 뒤덮인다는 불영 계곡 얘기를 하며, 그때쯤 은어가 왕피천을 따라 계곡으로 올라온다고 했다. 나는 그녀의 말을 들으며 그녀가 고향을 무척이나 사랑하고 있다는 것을 깨달았다. 그러자니 그녀가 더욱 매혹적으로 다가오는 것이었다. 자정이 임박한 시각에 식당에서 나와 나는 그녀가 미리 잡아둔 여관에 들어가 데친 문어처럼 쓰러졌다.

아침에 일어나니 더운 햇살이 창으로 쏟아져 들어오고 있었다. 공교롭게도 어제 헤어지기 전에 서로 무슨 얘기를 나눴는지 기억이 희미했다. 불영사, 은어라는 말만 떠오를 뿐이었다. 방으로 걸려온 전화를 받고 부랴부랴 내려가니 그녀가 여관 앞에 서 있었고, 그녀와 나는 대구탕으로 해장을 한 다음 불영사로 향했다. 아름드리 금강송이 우거진 불영 계곡을 따라 올라가고 있자니 불현듯 내가 어디서 와서 어디로 가고 있는가, 라는 뜬금없는 생각이 들었다. 그렇게 나는 꿈같은 시간을 보내고 있었던 것이다.

불영사는 산자락 평지에 연못을 끼고 고즈넉하게 가라앉아 있었다. 연못에는 수련이 다투어 피고 있었는데, 무어라 말할 수 없는 아름다운 여름의 그림자를 담고 있었다. 비록 아카시꽃 향을 맡을 수 있는 계절은 아니었으나, 사방에서 소나무 향과 들꽃 향이 어지러이 떠다니고 있었다. 믿을 수 없는 일이 벌어진 것은 그 푸르른 하늘에 다시금 여우비 쏴아 몰려왔다 산 너머로 쫓기듯 아득하게 사라지는 광경이었다.

도무지 떠나오기 싫은 울진을 나는 그날 저녁에 떠나야 했다. 울진 읍내로 돌아와 문득 어디로 가야지? 라는 의문에 시달리며 나는 버스터미널 대합실에 우두커니 서 있었고, 그녀도 비슷한 마음이었는지 입을 다물고 있다가 이윽고 버스가 출발할 시간이 되자 내게로 천천히 다가오더니 내 어깨를 끌어안았다. 그 순간 내 마음 속에서는 그녀를 향한 맹렬한 사랑이 시작되고 있었다.

양수리

그녀와 겨울에 두물머리라고 부르는 양수리에 바람을 쏘이러 간 적이 있다. 남한강과 북한강이 합쳐지는 곳. 날씨는 혹독하게 추웠고 얼어붙은 강에는 무수한 철새들이 내려와 있었다. 새들은 마치 차들이 일제히 경적 소리를 내듯 울음을 토해내고 있었다. 통기타 연주를 하는 카페에 앉아 나는 무심결에 그녀에게 이런 말을 늘어놓고 있었다. 도대체, 왜 그런 말을 했던 것일까? 지금에 와서도 그때 내 감정을 확연히 알 길이 없다.

"내가 초등학교 때 무척이나 좋아하던 여자아이가 있었어. 너처럼 꽃무늬 원피스를 입고 다니던 아이. 교회에서 처음 만났는데 노래를 참 잘 불렀지. 교회 근처에서 홀어머니와 오빠와 함께 살고 있는 가난한 아이. 그런데도 그 애의 엄마는 딸에게 늘 화사한 원피스와 에나멜 구두를 신겼어."

그녀는 잠자코 내 말에 귀를 기울이고 있었다. 그래서 나는 미처 눈치 채지 못하고 있었다. 내가 그 순간 하지 않아도 될 말을 하고 있다는 것을. 아니, 해서는 안 될 말을 하고 있다는 것을.

"그런데 어느 날 그녀와 함께 과수원에 놀라갔다 돌아오는 길에 갑자기 비가 내렸어. 그 애는 온몸이 흠뻑 젖어 벌벌 떨고 있었지. 다음 날부터 그 애는 학교에 나오지 않았지. 비를 맞고 급기야 병이 든 거지."

그녀는 청동상 같은 표정을 짓고 있었다. 그 때문이었을 터였다. 나는 그 여자아이가 폐렴을 앓다 결국 허망하게 세상을 떠났다는 말까지는 차마 하지 못했다. 그게 내 삶의 가장 아름다운 기억이며 상처라는 말도 하지 않았다. 다만 이쪽이 내 고향이라는 말로 얼버무리며 입을 다물었다. 서울로 돌아오는 버스 안에서도 그녀는 굳은 표정에 입을 다물고 있었다. 무슨 뜻일까? 나는 차츰 불안해지기 시작했다. 늦은 시각에 서울에 도착해 헤어질 무렵, 그녀가 시장통 횟집으로 가서 술이나 한잔 더 마시자고 했다.

손님이라곤 그녀와 나 둘뿐이 식당에서 그녀가 직설적으로 물어왔다.

"그래서 그 원피스 가시내가 아직도 니 맘속에 도사리고 있는 거지? 오늘 그 추운 곳에 나를 데리고 간 이유도 그것 때문인 것 같고."

그 즈음 그녀는 서울말을 배워 사투리를 자주 쓰지 않았다.

"마지막 다시 물어볼게. 내가 그 가시내의 환영인 거 맞나?"

나는 좀처럼 대꾸할 말을 찾지 못했다. 아니라고 해도 믿지 않을 터였다.

"나는 아무리 생각해도 그동안 너한테 속은 기분이다."

그게 결국 그런 것이었구나. 나는 자탄 섞인 한숨을 길게 내쉬었다.

"내가 이제 정리를 좀 해야겠다. 오늘 너와 나는 이걸로 끝이다. 알아듣겠지?"

이듬 해 나는 군에 입대했고, 제대를 하고 학교에 복학하니 그녀는 이미 졸업한 다음이었다. 전해들은 풍문으로는 서울 어딘가에서 직장생활을 하며 살고 있다는 것이었다.

강화도 후포

　세월이 무상하게 흘러갔고 이제 나는 오십대 후반의 나이가 되었다. 삶에는 내가 미처 예감하지 못했거나 극구 비켜가고 싶은 국면들이 연속적으로 닥치고 또한 겹치며 불규칙한 곡선으로 흘러갔다. 지금 내가 살고 있는 곳은 경기도 북부이며 평범한 가정의 가장으로, 직장인으로 살아가고 있다. 나이가 들면서 가끔 지나온 삶을 돌아보고 싶은 때는 혼자 강화도에 다녀오곤 한다. 강화도는 밴댕이, 젓갈, 꽃게, 순무, 호박고구마, 쌀, 인삼, 포도 등의 먹거리로 유명한 섬이지만 피문어는 구경할 수 없다. 남들도 대개 그러하듯 나 역시 강화도에 가면 외포항에 들러 해물 한두 가지를 사서 돌아오곤 한다. 썰물 때의 서해 개펄은 아름답지만 동시에 황량하기 짝이 없고 노을이 질 때는 그만 심정이 까마득해진다.

　열흘 전에도 강화도에 슬쩍 다녀왔다. 근래 아내의 건강이 좋지 않아 전등사에 가서 기도도 올리고 그 참에 외포항에 들러 반건조 서대와 꽃게 몇 마리를 샀다. 아내가 좋아하는 꽃게탕을 끓여주고 싶은 마음에서였다. 더불어 호박고구마와 포도도 한 상자 사서 차 트렁크에 실었다. 그리고 밀물이 들이치기 시작하는 해안로를 따라 귀가하고 싶은 마음에 건평항을 거쳐 초지대교 방향으로 운전을 하던 중에 나는 오른쪽 건너편에서 빛을 뿜고 있는 조그만 항구를 발견했다.

나는 이끌리듯 그쪽으로 차를 몰았다. 그동안 수십 번이나 오간 강화도인데, 그곳만큼은 왠지 낯선 곳이었다. 저녁 무렵의 항구가 마치 신기루처럼 바닷가에 떠 있었던 것이다. 날이 흐려지는 터에 꼬불꼬불한 길을 따라 항구에 이르니 놀랍게도 '후포항'이라는 팻말이 보였다. 강화도에도 후포항이 있었더란 말인가. 팻말을 자세히 읽어보니 과거에 파시가 설 정도로 '밴댕이 항구'로 유명한 곳이었는데, 갈수록 어획량이 줄면서 오랫동안 잊혀졌다가 근래 재생사업을 하면서 새삼스럽게 알려지기 시작했다는 것이었다.

어쩔 수 없이 내 기억은 먼 과거로 향하고 있었다. 울진 후포항. 그 항구에 바람이 불고 비가 내리던 여름날의 저녁. 들뜬 마음과 정념이 화로처럼 타오르던 순간순간들. 왜 나는 제대로 고백 한 번 해보질 못하고 그녀에게 외면당했던 것일까. 오래된 마음의 깊은 상처 때문이었을까? 그렇다면 나 역시 알고 있었던 것이다. 유년에 일찍 세상을 등진 여자아이의 기억이 울진 후포 출신의 여인에게 향하고 있었음을. 그녀도 그것을 알고 있었던 것이다.

항구의 어둠 속으로 가을비가 추적추적 내리기 시작했다. 추석을 전후해 비가 자주 내리고 있었다. 지나가는 비겠거니 했는데 금방 멈출 기세가 아니었다. 저 먼 동해 울진 후포에도 지금 비가 내리려나. 이런 속절없는 생각을 하며 나는 어판장 앞을 지나 주차장으로 서둘러 걸음을 옮겼다. 그때 누군가 멀리

서 나를 부르는 소리가 들려온 듯도 한데, 나는 굳이 뒤를 돌아
보지는 않았다.

더 늦기 전에 아내에게 돌아가야 했다. *

소나기증후군

○

전성태

충상 323, 2004, 130x162cm, oil on canvas

중학생 딸아이의 책을 빌려서 「소나기」를 다시 보다가 한 대목에서 가만히 고개가 들렸는데,

소년이 더 멀리 팽개쳐 버렸다.
산이 가까워졌다. 단풍잎이 눈에 따가웠다.

라는 구절이었다. 밑이 덜 든 무를 내던지는 소년의 눈에 딸려온 풍경. 저만치 던진 시선에 그제야 가을 산이 든다. 소년의 부풀어 오른 마음이 읽힌다. 이 구절이 새뜻한 게 사십 년 전 국어 시간에는 문장 맛을 모르고 흘려 읽었던 모양이다. 묘사의 묘미도, 사물에는 마음이 맴돈다는 이치도 몰랐을 때니까.

창밖으로는 어린 자작나무가 노릇하니 서 있었다. 가을을 먼

저 입고 뜰로 걸어온 나무 같았다. 소년은 마음이 맵고 시렸을 것이다. 제 마음도 낯설었으리라.

나는 창에서 시선을 거두어 다시 소설을 익숙하게 읽어나갔다. 소녀네가 양평읍으로 이사 가게 되었다는 사연이 나왔다. 나는 그 대목을 심상하게 읽다가 멈추었다. 윤 초시댁이 전답과 집이 넘어가서 읍으로 나가 점방을 차리게 되리라는 전언이 처음 본 듯 낯설었다. 아마도 소녀의 죽음에 묻혀 잊은 듯했다. 나이만큼 읽어낸다더니, 당혹스러웠다.

나는 중학교 2학년 때 학기를 앞두고 교과서를 먼저 떠들어 보았고, 학기 내내 「소나기」를 배울 시간을 기다렸다. 내가 지은 이야기의 절정을 기다리는 아이처럼 친구들이 보일 반응까지 상상하며 설레었다. 「소나기」를 읽는다는 건 첫사랑에 입문하는 사건이나 다름없었으므로 나 역시 지방 소도시의 교실에서 수줍어하면서 첫사랑의 갈망을 인정하고 키웠다. 나는 「소나기」의 여운을 이기지 못하고 그해 겨울방학 동안 「찔레꽃」이라는 제목의 단편을 썼다. 첫 습작이었는데 폐병에 걸려 시골 중학교로 전학을 온 여학생, 등굣길의 찔레꽃 피는 언덕에다가 첫사랑을 묻는 남학생의 이야기였다.

나는 「소나기」가 첫사랑의 메타포로 아이들을 흔들 뿐 아니라 비극의 세계에 대한 입문이기도 하다는 사실을 한참 뒤에 깨달았다. 소년들은 성인의 문턱에서 맨 처음 비극의 세계를 조우하는지 모른다. 비극은 끝장을 보는 이야기이며 완성된 세계다. 비극의 정화력은 얼마나 강렬한가. 그다음에 소년들이 맞게 되는 건 광기의 세계다. 저주받은 천재라는 자의식이 휘둘린다. 자신이 뜨겁고 나쁜 피를 받아서 세상의 온갖 고통을 홀로 짊어진 것 같다. 희극의 세계를 발견하고서야 소년들은 비로소 어른이 된다. 희극의 세계는 자기 희화화도 포함한다. 자신이 별 볼 일 없다는 것, 어떤 일들은 매듭 없이 지나가기도 한다는 것, 인생이 어쩌면 그럴지도 모른다고, 깨진 무릎을 어루만지며 짐작한다. 들끓던 청춘이 잔잔해진다.

「소나기」를 흉내 낸 소설을 쓴 후 나는 비극의 세계와 광기의 세계에 휩쓸렸다. 고등학교 진학을 앞두고 철로 선로원으로 일하던 아버지가 직장을 잃어서 부모님은 염전에 일자리를 얻어 낙향했다. 동생 둘은 부모님이 시골로 거두어 가고, 나는 학교 기숙사에 홀로 남았다. 당시에는 인근 지방에서 유학을 온 학생들이 많았으므로 가족과 떨어진 외로움은 덜했다. 다만 집안 형편이 어려워져서 대학에나 갈 수 있을까 불안했고, 성급한 책임감으로 새벽에 신문 배달을 했다.

만약 「소나기」를 그 무렵에 읽었다면 나는 윤 초시댁의 몰락을 결코 흘려 보지 않았을 것이다. 이번에 이 시 같은 소설을 다시 읽으며 오로지 산문 같은 대목은 거기라고 여겨졌다. 소녀가 기적적으로 살아남았다면, 그래서 그 감성 깊은 아이가 소설가로 자랐다면 「영혼의 집」 같은 긴 이야기를 남기지 않았을까 싶었다.

기숙사생들은 교실만 한 자습실에서 자정까지 사감 선생의 감독을 받으며 입시 공부를 해야 했다. 나는 이미 소설 습작에 재미가 붙어 있었다. 책상 한쪽에다가 중학교 졸업식에서 받은 영어 콘사이스를 펴서 위장해놓고, 소설책을 읽고 짧은 이야기들을 쓰고는 했다. 주인공이 늘 죽고 마는 소설들이었다. 요절한 작가들, 천재 예술가의 죽음과 같은 이야기에 끌리고는 했다. 코피를 쏟고는 그 흔적을 일기장에 받아 남긴 적도 있었으며 그런 짓 탓에 마음 한쪽에서 스멀거리는 자기혐오에 시달렸다. 그러다가 주인공이 죽는 결말로 귀결되는 내 습작들에 의심이 들고는 했는데 나는 소설뿐 아니라 실제로 내가 죽고 말리라는 자기암시에 빠져들고는 했다.

고개를 들면 참고서에 눈을 박은 친구들의 뒷모습이 보였고, 세상에 대한 어떤 의심도 회의도 없이 견고한 등짝들에 적의가 들고는 했다. 나는 이내 그 적의가 공부에 대한 불안증이라는 걸 감지했다. 소설의 세계로 도피해 있는 나 자신을 인정하지 않을 수 없었다. 나는 자신을 너무나 사랑하면서 미워했고 잔뜩 겁을 먹은 열일곱 살이 되어 있었다.

하룻밤에는 소리도 없이 사감 선생이 다가와 내 어깨에 손을 얹어서 나는 화들짝 놀라서 소설책을 덮었다.

"사전이 너무 작지 않니? 에센스 같은 걸 사서 봐."

사감 선생은 나직이 말해놓고 멀어져갔다. 딴 짓을 눈감아준 건지 모르지만 그 교실의 밤이 나는 늘 불안했다. 급기야 뒷머리에서 피가 쓸려 내려가는 증세가 나타났다. 공부고 뭐고 집중이 되지 않았다. 나는 내가 미쳐가는 것 같았다.

나는 며칠 동안 중앙로의 정신과 의원 주변을 서성거리다가 용기를 내서 병원 계단을 밟았다. 새벽이면 신문을 넣는 병원이었다. 문 닫을 시간이 임박해서 손님이 없었다. 나는 간호사에게 쭈뼛쭈뼛 다가가 물었다.

"혹시 여기 다녀가면 기록에 남나요?"

간호사가 웃었다.

"진료를 받아 봐야 알죠."

간호사는 나를 진료실로 데려갔다. 의사는 나이 든 노인이었다. 의사는 내게 알사탕 하나를 내밀었다. 아예 껍데기를 까서 줘서 나는 입에 넣지 않을 수 없었다. 이윽고 의사가 증세를 물었는데 사탕이 너무 커서 나는 제대로 대답할 수가 없었다. 나는 짧게 대답했다. 소설의 주인공을 자꾸 죽이게 된다는 이야기까지 들려주고 싶었으나 그런 긴 이야기는 불가능해 보였다. 의사가 지그시 바라보며 물었다.

"주말에 집에 갈 거니?"

나는 고개를 끄덕였다.

"그럼 어머니한테 부탁해. 참기름 한 종지에다가 날계란을 깨서 주시라고. 그렇게 몇 번 먹으면 괜찮아질 거야."

의사는 이제 그만 가보라고 웃어 보였다. 나는 인사를 하고 진료실을 나왔다. 의사가 간호사에게 소리 높여 말했다.

"김 양아, 학생 진료비 받지 마."

주말에 염전으로 내려가서 부모님에게 자취를 하고 싶다는 의향을 비쳤다. 기숙사를 나가는 게 낙오처럼 밀려나는 느낌이었지만 나는 그럴 수밖에 없다고 자위했다.

오월에 들어 염전이 바빠져서 나는 부모님의 도움 없이 손수 자취방을 구해야 했다. 마음에 담아둔 동네가 있었다. 김승옥의 「건(乾)」을 읽으면서 나는 작가가 틀림없이 소설 무대로 삼았으리라 싶은, 시내가 한눈에 내려다보이는 산동네에다가 방을 얻을 생각이었다. 그 동네에는 공동우물이 있었는데 그때까지도 주민들이 사용하고 있었다. 나는 우물에서 목을 축이고 계단 높은 좁은 골목을 거슬러 올라가며 세를 놓는다고 방을 붙인 대문들을 기웃거렸다. 학기 중이라 빈방이 많지 않았다. 그러다가 골목을 내려오는 할머니를 만났다. 할머니는 목에 주먹만 한 지방종을 달고 가쁜 숨을 몰아쉬고 있었다.

할머니는 방이 있다고 했다. 이번에 집을 고쳐서 새집이나 다름없다며 앞장섰다. 할머니는 계단 끝 집으로 이끌었다. 작은 마당에 방을 둘 들인 작은 집이었다. 할머니의 말대로 집은 깨끗했다. 벼랑에 지은 것처럼 울 없는 마당 밑으로 아랫집 지붕이 보였다. 그 집 뒤란에서 내 또래쯤 되는 남학생 하나가 자전거에 락카를 뿌려 도색을 하다가 무심하게 올려다보았다. 멀리 시내가 한눈에 들어왔다. 뒤란으로는 대나무 숲이 가파르게 산릉으로 오르고, 집 곁에는 보호수 같은 우람하고 늙은 팽나무가 한 그루 서 있었다. 할머니는 나무 그늘이 빗기는 건넛방으로 나를 안내했다. 부엌문을 열고 들어가는 방이었다. 셋방으로 놓으려고 안살림과 분리해 따로 방과 부엌을 들인 것 같았다.

다음 주에 나는 이사했다.

할머니는 그 집에 사는 사람이 아니었다. 할머니는 내게 며느리가 없는 집이라고 혀를 찼다. 자기는 아랫동네에서 큰아들과 지내면서 작은집 살림을 돌본다고 했다. 이삿짐을 옮기며 여상에 다니는 그 집 딸과 초등학생 아들을 만났다. 며칠이 지났는데도 주인아저씨는 보이지 않았다. 어디 지방을 떠돌면서 품팔이로 사는 모양이었다. 침울하고 새침한 딸 민희와는 서로 어색해서 데면데면했다. 주인집에 요구할 일이 생기면 어린 민수에게 묻거나 전하고는 했다. 전기세나 수도세를 받아 가는 아이도 민수였다. 깡마르고 새카만 민수는 골목에서 놀다가 저녁때마다 제 누나가 찾아 나서야 돌아오고는 했다. 두 아이가 투덕거리는 소리가 벽 너머로 들려오고는 했다. 민희는 제 동생에게 밥도 차려 먹이고 목욕도 시키고 숙제도 봐주곤 하는 눈치였다. 가끔 할머니가 나타나 부엌을 들여다보고 손녀에게 지청구를 하고는 했다. 민희는 어떤 대꾸도 없었다. 그렇다고 할머니를 무서워하는 것 같지도 않았다. 너무 지친 나머지 마음을 닫아버린 아이처럼 보였다.

나는 민수를 통해 걔 아버지가 병원에 입원 중이라는 이야기를 듣게 되었다.

"어디가 편찮으신데?"

아이가 잠시 뜸을 들였다가 대답했다.

"할머니가 병원에 넣었어요."

"왜?"

"술 땜에."

제 아버지 이야기를 할 때 민수는 겁먹은 표정을 지었다. 나는 짐작이 갔다.

사흘이 멀다 하고 아랫집 뒤뜰에서 락카 냄새가 올라왔다. 민수가 내 귀에다가 입을 들이밀고 속삭였다.

"아랫집 형은요, 자전거를 쌔벼요."

"훔친다고?"

민수는 고개를 끄덕였다.

"삼만 원만 가져오면 나한테도 한 대 준댔는데. 형은 자전거 안 타요? 필요하면 나한테 말해요. 내가 두 대나 팔아줬다고요."

어느 주말에 웬 여자가 안집 부엌에서 나왔다. 마당 빨랫줄에 빨래가 가득 널렸다. 수더분해 뵈는 여자를 보고 나는 애들 어머니라는 걸 직감했다. 내가 인사하자 여자가 말했다.

"불편한 것 없어요?"

여자가 저녁에 민수 손에 들려 부추부침개를 한 접시 보내왔다. 세 식구가 툇마루에 앉아 저녁을 먹으면서 도란도란 나누는 소리가 들려왔다. 여자가 말했다.

"이제 아빠 오시면 당분간 못 와봐."

조용하던 민희의 날이 선 목소리도 들렸다.

"전화번호라도 줘."

"안 돼."

"아빠한테 말 안 할게."

"그게 되겠니? 들들 볶이면 말 안 하고 배기겠냐고. 차라리 모르고 지내는 게 나아."

그러다가 조용해지고 말이 다시 이어지고는 했다.

"너 부기학원에 다녀야 한다고 했지? 학원비는 경애 이모한 테 보내놓을 테니까 타다 써. 내년 일 년만 꾹 참고 지내. 그래, 취직은 어떻게 할 거야? 은행이라도 되면 좋겠다."

"은행은 무슨……"

"아무튼 자격증 따놔."

저녁상을 물리고 아주머니는 떠나는 눈치였다.

그리고 닷새쯤 뒤 애들 아버지가 나타났다. 학교에서 돌아오는 길에 툇마루에 러닝셔츠 차림으로 앉은 그와 마주쳤다. 그는 내게 건넛방에서 자취하는 학생이냐며 집이 누추하다고 깍듯하게 맞아주었다. 앞니가 하나 빠지고 없었다. 그가 존대를 써서 무안했다. 막연히 가졌던 선입견과 전혀 딴판이었다.

며칠 만에 그는 본색을 드러냈다. 나는 그가 마당에 서서 시내를 향해 온갖 욕설을 내뱉으며 술주정하는 모습을 보았다.

어느 날은 마당에 널브러져 잠들어 있었다. 민희 남매와 함께 그를 툇마루로 끌어다가 눕혀 놓았다. 잠결에도 술주정을 해댔다. 민수가 이불을 가져다가 덮어주었는데 한두 번 해본 짓이 아닌 모양이었다. 다행히 아이들에게 손찌검은 하지 않았는데 민희에게 네 엄마에게 받은 돈을 내놓으라고 생짜를 부릴 때는 나도 모르게 주먹이 쥐어졌다. 남매에게 아내를 흉보고 욕하는 소리가 집요했다.

하루는 자취방 부엌에 둔 쌀자루가 없어졌다. 나는 너무나 어이가 없어서 민희에게 말했다. 민희는 입술을 사리물고 제 아버지가 잠든 안방을 쏘아보았다. 그러더니 내게 가볼 데가 있다고 앞장섰다.

나는 민희를 따라 골목을 내려와 우물곁에 있는 새마을 공판장으로 갔다.

"경애 이모!"

민희가 나타나자 공판장 여자가 혀를 차며 가게에 딸린 방에서 나왔다.

"으이구, 쌀자루 찾으러 왔어?"

그러면서 계산대 옆에서 쌀자루를 내놨다. 내 쌀자루가 맞았다. 나는 쌀자루를 어깨에 멨다.

"이제 어쩌냐, 자취생 쌀까지 들어내니? 어서 가지고 가. 늬 엄마가 보낸 돈에서 술값은 제할게."

우리는 공판장을 나왔다. 골목을 오르며 우리는 아무 말도 하지 않았다. 나는 조바심이 났지만 무슨 말을 해야 할지 알 수 없었다. 집 앞에 와서 민희는 씩씩거리며 말했다.

"이사 가도 돼."

그래놓고 민희는 먼저 집으로 들어갔다.

며칠 뒤 야간자율학습을 마치고 돌아오는 길에 어두운 골목 길로 남학생 서넛이 어슬렁거리는 모습을 목격했다. 그들은 누 군가를 기다리는 눈치였고 예감이 좋지 않았다. 내가 지나가자 녀석들이 휘파람을 불어놓고 킬킬거렸다. 아랫집 자전거 쎄비 도 끼어 있었다. 민희가 학원을 끝내고 돌아올 시각이었다. 나 는 집으로 돌아와 민수를 불러내 골목을 내려갔다. 아니나 다 를까 민희가 쫓기듯 골목을 달려 올라오고 있었다. 민수가 누 나! 하고 불렀다. 녀석들이 저만치서 걸음을 멈추고 한 놈이 휘 파람을 길게 분 뒤 외쳤다.

"같이 좀 놀자!"

다음날 밤에 나는 신문보급소 자전거를 타고 부기학원 앞에 서 민희를 기다렸다. 민희는 나를 보고 놀란 눈치였다. 나는 자 전거를 끌고 민희와 나란히 걸어서 집으로 걸어왔다. 이십 분 남짓한 길이 불편하고 답답하고 그리고 두근거렸다.

동네 입구에 닿았다. 골목 계단으로 자전거를 끌고 가기 힘 들어서 공판장 앞에다가 열쇠를 채워서 세워놓았다. 민희가 공 판장에서 쭈쭈바 세 개를 사서 나왔다. 나는 하나를 받았다. 쭈 쭈바를 먹으면서 골목길을 오르자니 한결 마음이 편했다. 집 앞에서 나는 떨리는 목소리로 물었다.

"누나라고 불러요?"

민희가 빤히 쳐다보았다. 나는 서둘러 말했다.

"누나라고 부를게요."

그렇지만 그 뒤로 밤길을 매일 걸어오면서 누나라고 불러본 적이 없었다. 그 사이에 공판장 앞에 세워둔 자전거를 잃어버렸다. 나는 아랫집 쌔비에게 자전거를 샀다.

새 학기에 나는 다시 기숙사로 돌아갔다. 나는 소설을 끊었다. 일기장에 그렇게 기록했다. 나는 야간자율학습을 끝내고 부기학원으로 민희를 마중 가는 걸 계속했다. 나는 말수가 늘었고 민희는 여전히 말이 없었다. 냉랭한 표정은 한결 누그러져 있었다. 나는 그렇게 걸으면서 자전거를 타고 가겠냐고 한 번 권한 적이 없었다. 바보같이 그런 생각을 해보지 못했다. 으레 민희와는 자전거를 끌고 걸었다.

2학기가 되었을 때 민희는 안성의 식품공장으로 취업을 나갔다. 아저씨는 다시 병원에 입원하고 민수는 큰집에 맡겨졌다. 나는 민희에게 자주 편지를 보냈다. 누나라는 호칭이 쉽게 나왔다. 우리가 다시 만날 거라는 뉘앙스를 풍기는 말들을 나는 편지마다 잊지 않았다. 나는 실제로 마음이 커져서 뒷날 민희와의 재회를 상상하고는 했다. 민희는 네 번에 한 번쯤 답장을 보내왔다. 글을 참 못 썼고, 편지는 짧았다. 어떤 기대를 품게 하는 말도 없었다. 공장 생활이 힘들다, 라면은 쳐다보기도 싫다, 공부 열심히 해라, 중학생이 된 민수가 걱정된다는 얘기들뿐이었다.

내가 학력고사를 볼 무렵에 민희는 삼성동 무역센터의 매장 판매원으로 직장을 옮겼다. 나는 학력고사가 끝나는 날 찾아가겠다고 편지를 보냈다.

서울로 올라가 시험을 치르고 낯선 삼성동으로 찾아갔다. 민희가 일을 마치는 여덟시까지 한전사옥 쪽 공원에 앉아서 그녀를 기다렸다. 여러 상상을 했지만 막상 민희를 보자 팔 하나 움직일 수가 없었다. 그저 우리는 서로를 바라보며 쑥스럽게 웃었다. 민희는 화장을 해서 낯설기까지 했다. 우리는 카페를 찾아 나섰다. 민희는 무역센터 주변을 아직 잘 모른다고 말했다. 이 휘황찬란한 거리에 우리가 들 만한 카페가 보이지 않았다. 우리는 걷고 또 걸었다. 구두를 신은 민희가 걸음을 세우고 종아리를 주무르곤 했다. 한 시간쯤 지났을 무렵에는 서울의료원 근처까지 와 있었고, 겨우 포장마차를 발견했다.

우리는 포장을 걷고 들어가 우동을 시켰다. 나는 일 년 넘게 수많은 말들을 준비했으나 아무 말도 나오지 않았다. 민희 역시 전과 다름없었다. 그래서 우리는 포장마차에 비치된 휴대용 텔레비전에 시선을 던지고 우동이 나오길 기다렸다. 텔레비전에서는 대학생들의 데모 뉴스가 나오고 있었다. 뉴스가 바뀌었을 때 민희가 엽차 잔을 언 손으로 감싸고 나를 바라보았다.

"이제 대학생 되면 데모 열심히 하겠네?"

"아마도……"

나는 설핏 웃었다.

우동을 먹고 나와서 우리는 서로를 배웅하듯 삼성역까지 걸어갔다. 헤어지면서 언제 다시 만나자는 약속을 하지 않았다. 우리는 악수를 나누며 오래 바라보았다.

"잘 지내."

"잘 지내."

나는 걷다가 돌아서서 민희를 바라보았다. 한 번쯤 민희가 돌아본다면 나는 전화하겠다고 시늉을 해 보일 생각이었다. 민희는 이내 인파에 묻혀 사라졌다. 나는 어떤 이야기 한 장이 넘어가는 소리를 들은 것 같아서 귀를 어루만졌다.

스쿠터 데이트

○

김종광

노옹은 개울가에서 노파를 보았다. 꿈에서 아내 다음으로 자주 만났던 바로 그 소녀라는 걸 알 수 있었다. 아니나 다를까 노파가 서서히 소녀로 변했다. 소녀는 개울에다 손을 잠그고 물장난을 하고 있었다. 이런 개울물을 생전 처음 본다는 듯이.

휴가철이 아닌 개울은 70년 전 그대로였다. 아무리 오지라만 그 모든 난개발 위협과 여파가 비껴가고 까마득한 어린 시절 그 모습을 유지하고 있다니 기적이었다. 물론 노옹이 무시로 들러 제집 개울인 양 돌본 보람이기도 했다.

후줄근한 작업복 차림의 노옹은 아찔하여 의식을 잃었다. 가까스로 정신을 차리고 눈을 크게 떴다. 아무도 보이지 않았다. 헛것을 본 건가? 하지만 자못 생생했다.

다음 날은 노파가 개울물 여남은 개 징검돌 중 한가운데 돌에 서 있었다.

어제와 다르게 결혼식장에라도 가는 것처럼 빼입은 노옹은 혹시나 해서 자기 뺨을 때렸다. 아팠다. 노파는 샌들을 벗고 징검돌에 퍼더버리고 앉더니 작은 발을 물속에 밀어 넣었다.

노옹은 큼큼 인기척을 내며 징검돌을 건넜다.

노파 옆의 빨간색 손가방이 눈부셨다. 노파는 분홍색 민소매 티셔츠에 남색 스커트 차림이라 훤히 드러난 팔, 다리, 어깨, 목덜미가 마냥 희었다. 심지어 노파의 몸에도 서럽게 피어난 검버섯조차 희었다.

이윽고 노파가 쳐다보자 폭발할 듯한 반가움을 꾹 누른 채 무심한 척 초들었다.

"혹시 서당골 윤 선비님네 증손녀 아니요?"

노파가 소스라치며 일어났다.

"놀래라. 저를 아세요?"

노파의 무서움과 경계심이 수그러들기를 기다렸다가 노옹은 자분자분 일렀다.

"알다마다요. 학교도 같이 다녔어요. 잠깐이지만. 5학년 2학기 때, 여기 육경국민학교 다녔었지요?"

"우리가 동창이라는 거예요?"

"그렇다니까요. 그냥 동창이 아니었어요. 다른 애들은 댁이 도시에서 와서 어렵다고 낯을 가렸어요. 나는 달랐지요. 나는 숫기가 좋아서 댁한테 막 다가갔어요. 우리 둘이서 그 늦여름에 얼마나 잘 놀았는데요."

"우리가 같이 놀았다고요, 그럴 리가요? 나 얌전한 애였는데."

노옹은 갑자기 억울했다. 얼굴과 이름은 잊어버릴 수 있다 치자. 누구는 강산이 일곱 번 변하는 동안 한 번도 잊은 적이 없는 추억인데, 노파는 전혀 기억하지 못하다니. 혹시 잘못 보았나. 그때 그 소녀가 아닌가? 노옹은 노파의 얼굴을 뚫어지게 살폈다. 틀림없이 그 얼굴이다. 노파는 치매에 걸렸나?

노옹은 울상으로 힘담주었다.

"정말 소중한 추억이었소. 죽은 아내한테 미안한 얘기지만 아내랑 알콩달콩 살면서도 댁이랑 아리아리했던 한여름의 기억을 잊은 적이 없어요."

노파가 긴가민가하는 표정이더니 마음을 정한 듯 빙긋이 웃고는 다짜고짜 반말했다.

"그랬다 치고 어떻게 할까? 길을 비켜 드릴까, 동창회라도 해볼까?"

"당연히 동창회를 해야지."

노파가 도로 징검돌에 앉아 발을 담갔다.

노옹은 무르춤하게 서 있다가 옆 징검돌에 양반다리를 하고 앉았다. 양복 상의와 구두를 벗어버리고 양복바지를 걷어 올리고 발을 담그고 싶었지만 차마 그러지는 못했다.

노파가 불쑥 은근하게 물었다.

"우리가 또 뭐 하고 놀았어?"

노옹은 기다렸던 것처럼, 꾹꾹 눌러 담았던 말을 퍼내듯 주워섬겼다.

"조약돌도 던지고, 비단조개도 잡고, 갈꽃도 꺾고. 저 산 너머까지 가서 무 서리도 하고. 댁은 칡덩굴 끝물꽃 꺾겠다고 올라갔다가 무릎에 핏방울이 맺혔다니까. 그 생채기를 내 입술로 빨아줬어. 나중에 생각해보니 무척 놀랐겠더라고. 더러운 입으로다. 그때 내가 무슨 철이 있었겠어. 지금도 없지만. 입으로 빤다고 될 일이간. 송진을 긁어다 생채기에다 문질러 발라줬지. 댁이 따고 싶어한 그 꽃, 내가 따다 줬어요. 내가 카우보이처럼 송아지 올라타는 것도 보여줬어. 댁이 얼마나 재미있어 했게."

노파가 까르르 웃었다. 세월이 무색하게도 노옹이 기억하는 그 웃음 그대로였다.

"그래, 바로 그렇게 웃었지. 그러다가 주인한테 걸려 된통 혼났지만. 돌아오는 길에는 소나기 맞았잖아. 댁이 하도 떨어서 내 무명겹저고리로 어깨를 감싸줬지."

"그러다가 수숫단 속으로 들어갔지. 기억 나. 네 몸 냄새."

"모른 척했던 거야?"

"미안해. 이제 기억났어."

"기억해줘서 고맙네."

"너 황순원『소나기』읽어봤지? 나 깜짝 놀랐다. 어떻게 우리 얘기랑 똑같니?"

"그때 뭐 그런 애들이 한둘이었겠어."

"그런데 너는 날 한눈에 알아본 거야? 70년이나 지났는데."

"못 알아볼 게 뭐 있어. 그때 나는 선녀랑 논 것 같았거든. 선녀랑 소나기 함께 맞은 일은 죽어도 못 잊어."

노파와 노옹은 소녀 소년으로 뒤돌아간 듯했다. 소녀가 그날처럼 저 산 너머에 가보고 싶다고 했다. 소년도 좋아라 했다. 오솔길을 걷는 두 사람은 금혼식 여행이라도 온 노부부 같았다.

"어떻게 살았는지 안 물어봐?"

"파란만장했겠지. 80 산 사람치고 그 사연 어마어마하지 않은 사람 있겠어."

"너도 파란만장했지?"

"파란만장은 개뿔. 시골 놈이라 별로 말할 것도 없어. 평범 그 자체였어. 평생 토박이로 살았거든. 농사는 부업이고 주업이 노가다 20년, 광부 20년, 축산 30년 그랬어."

산길 초입에 노옹의 스쿠터가 있었다. 노옹이 자기 '애마'라고 했다. 자동차로 모셔야 하는데 미안하다고도 했다.

"걸어가는 거 아니었어?"

"우리가 애냐. 저 먼 데까지 걷게. 나이 생각해서 타고 가자. 시골은 사람보다 차가 더 많이 다녀. 차가 사람 무서운 줄 몰라서 위험천만해."

"오토바이는 더 위험하지."

"얘 봐라. 다 베스트드라이버야. 50년 무사고."

노옹은 핸들에 걸린 헬멧을 썼다. 안장을 열고 여성용 헬멧을 꺼내 노파에게 내밀었다.

"아내가 쓰던 건데 맞나 모르겠네."

"우와, 너 대단한 애처가였구나. 돌아가신 지 10년도 넘었다면서 헬멧을 챙겨 갖고 다니네."

노옹은 새벽부터 이 헬멧을 찾았다. 아내가 없는 세상은 살기 고되었다. 도무지 아내 없는 삶에 익숙해지지 않았다. 창고 구석에 처박힌 헬멧을 발견했을 때 죽은 아내라도 만난 기분이었다. 아내가 눈꼬리를 올렸다. 새삼스럽게 그걸 왜? 여자 만나?

"아따, 여자들은 죽어서도 귀신같더라니까."

노옹은 어이없는 대꾸를 내뱉고 시동을 걸었다.

노옹과 노파를 태운 스쿠터가 달려갔다.

시속 20킬로미터에 불과했지만, 노파에게는 엄청난 속도였다. 평생 수많은 것을 타보았지만 오토바이는 최초였다. 노파는 노옹의 옆구리를 꽉 끌어안았다. 노옹의 등에다 대고 속말했다. 이런 기분이었구나. 어린 애들이 왜 그렇게 오토바이 타고 소리 질러대나 했지. 나도 소리 질러볼까.

노옹이 듣기라도 했는지 소리쳤다.

"소리 질러! 스트레스 풀어! 거 있잖아! 막 달리자!"

노파는 소리 지를 힘이 없었지만 그래도 입을 벌려 소리 지르는 시늉을 했다. 오랜 세월 축적된 울화와 노기 같은 것이 바람결에 빠져나가는 것도 같았다.

노옹은 바람소리가 노파가 악쓰는 소리로 들렸다.

노파는 아까부터 궁금한 게 있었다. 노옹이 왜 양복차림으로 나타났는지. 설마 그럴 리가 있겠어, 하면서도 해본 추측이 있기는 했는데 얼추 정답이었다.

노옹은 어제 노파를 보고 귀가해서는 몇 군데 전화를 넣어보았다. 역시 노인회장이 확실한 정보를 주었다.

"형님도 알려나 모르겠네만, 우리 코홀리개 적에 윤초시댁이라고 있었잖아. 니, 윤 선비님댁이라고 해야 알겠구만. 윤 선비 증손녀가 우리랑 동문이여. 우리 서당골에서 살았다니께. 나는 한눈에 딱 알아봤지. 말을 걸어보니 싹싹하게 응대를 해주더만. 비스켓리스튼가 바스켓리스튼가 거시기를 하러 잠깐 내려왔다. 그때 말고는 평생 도시서 살았는데 시골서 한 달만 더 살아보겠다는 겨. 저어기 성주산에 무슨 콘도인가 있잖아. 거기서 먹고 자고 하면서 택시 대절해서 돌아 댕긴다는 겨."

"그 버스킷리스트가 죽을 사람이 하는 거 아닌가? 어디 암이라도 걸렸단 말인가?"

"그런 시대착오적인 말을 하니까 할베꼰대라는 거요. 바스켓리스트가 젊은 사람들 최애 취미가 된 게 언젠데. 그리고, 언제 죽어도 아무렇지 않을 팔순 나이에 암이고 아니고가 뭔 상관이랴."

"우리 동네에 또 올라나?"

"발 달리고 택시 타고 댕기는 여자가 어디를 어떻게 돌아다니는지 누가 알 수 있냐. 한데 내일은 분명히 우리동네 와. 넬 저녁에 노총각 덕구 결혼 피로연이 회관서 있잖여. 내가 초대를 했지. 그분도 꼭 오고 싶다고 했으니까 꼭 올 거여. 우리처럼 막 늙지 않고 곱게 잘 늙었더라고. 역시 도시물이 좋은가봐. 형님도 꼭 와요."

노옹은 아침에 이발하고 왔다. 점심때부터 기다렸다. 노파가 조금 이르게 올 것이고 다시 이 개울로 올 것이라고 확신했다. 노옹이 평생 지어먹은 장구배미논에서는 개울 있는 산골짜기로 들어가는 고샅이 잘 보였다. 마침내 오후 두 시경 택시 한 대가 들어갔다.

집으로 달려가 패션쇼를 했다. 뭘 입어도 거울에 비친 늙은이는 영 아니올시다였다. 아내가 살아있을 때는 뭘 입어도 때깔이 났었는데. 첫사랑 만나는 게 그렇게 좋아? 사진 속의 아내가 노려보며 지청구를 해대 식은땀이 줄줄 났다. 임자, 왜 자꾸 오해를 해. 첫사랑도 아니고 짝사랑도 아니고 그리움 같은 거라니까. 결국 손녀딸 결혼식 때 복색을 하고 말았다.

천둥이 쳤다.

"더 꽉 잡아!"

노옹은 소리치고 속도를 높였다. 두 배로 빨라지자 노파는 정말 놀랐다. 날아가는 줄 알고 노옹의 몸을 더욱 부둥켰다. 허름한 간이정류소로 들어갔다. 스쿠터를 세우고 우비를 꺼내려고 했는데 없었다. 헬멧을 우겨넣을 때 꺼내놓고는 잊었겠지.

빗줄기가 비롯했다. 노옹이 툴툴댔다.

"진짜 우리나라도 동남아 다 됐어. 아무 때나 심심하면 쏟아진다니까."

빗줄기가 사나워서 오죽잖은 정류소 안에 마구 들이쳤다. 노옹은 고민하지 않고 노파를 구석으로 몰아세웠다. 노파는 겁먹고 손가방을 방패처럼 내밀었다. 오해였다. 노옹은 제 몸으로 빗방울을 하나라도 더 막아주고 싶었다.

노파는 젊은이들이 노인네냄새라고 부르는 그 냄새를 원 없이 맡았다. 노옹도 노파의 냄새를 진한 커피 향기인 양 들이마셨다. 원없이 한없이 숙성된 냄새가 정류소에 가득 찼다.

번개가 하늘을 그어댔다.

오토바이가 멈춰서더니 젊은 놈의 목소리가 너절했다.

"얼라, 거시기하시네. 좋은 데 가서 하쇼. 오죽 급하면 이러겠어요. 피해 드릴 테니 많이 하쇼."

꼭 껴안은 것처럼 보였을 수도 있겠다. 젊은 놈은 낄낄대고서는 다시 빗속으로 들어갔다.

소나기가 그쳤다.

노파가 노옹을 슬그머니 밀쳤다. 노옹은 큰 동작으로 비껴졌다.

노파가 짐짓 큰소리를 냈다.

"비가 와서 그런가 한 잔 하고 싶네."

"이따가 저녁 잔치에 갈 거잖아. 같이 가서 많이 마시자고."

"이제 안 가도 돼. 너를 보고 싶어서 간다고 했었지. 봤으니 됐어."

둘은 다시 스쿠터에 타고 달렸다. 오르막길 위에 정자가 있었다. 노옹은 스쿠터를 세웠다. 둘은 나무계단을 밟아 올라갔다. 그들이 어린 시절에 보았던 산 너머는 시내가 돼 있었다.

"여기가 밤에 죽여. 여기서 시내를 내려다보면 '보석 같다'는 말이 절로 나와."

"낮에도 멋진데, 뭐."

노옹은 양복을 벗어 나무의자의 빗물을 훔쳤다. 양복을 뒤집어 의자에 깔고는 노파에게 앉으라고 했다. 노파가 마지못해 젖지 않은 스커트 엉덩이를 붙였다.

노옹이 스쿠터 안장 속에서 맥주캔과 커피캔 하나씩을 꺼내왔다. 노옹은 맥주캔을 따서 노파에게 주었다. 자기는 커피캔을 따서 들었다.

노파가 운을 떼었다.

"우리 건배해야지."

"당근 해야지. 뭐라고 할까?"

노파가 자주 하는 건배사인 듯 주저 없이 외쳤다.

"죽을 때까지 잘 살자."

노옹은 노파가 내민 맥주캔에 커피캔을 부딪치며 조금 바꿔 외쳤다.

"죽을 때까지 요양원 가지 말자."

노파는 술 한 잔이 간절했는지 시원하게 마셨다. 노옹은 커피가 술이거니 마셨지만 원효대사가 아니어서 아쉬웠다.

노옹과 노파는 도시 저편 산 하늘에 피어오르는 쌍무지개를 바라보았다.

노파가 부러워했다.

"넌 스쿠터도 타고 다니고 되게 강녕하구나."

"시골 노인네들이 제일 두려워하는 게 뭔지 알아? 요양원에 들어가는 거야. 이런 대자연 속에 살다가 거기 들어가 봐. 얼마나 갑갑하겠어. 요양원 안 끌려가려면 최소한 혼자 밥 끓여 먹고 혼자 대소변은 가려야 되거든. 그거 안 되면 가는 거야. 스쿠터 못 타는 날이 나 요양원 가는 날이라고."

"도시 노인네는 안 그런가."

노파의 말끝이 저쪽서 또 몰려오는 먹구름처럼 무거웠다.

노파가 일어서자, 노옹은 양복상의에서 휴대폰을 꺼냈다.

"번호 찍어줄 수 있어? 버스킷리스트가 하려면 보디가드 필요하지 않아? 나는 아무 때나 콜이여."

노파가 손가방에서 제 휴대폰을 꺼내 잠금을 풀고 노옹에게 내밀었다.

"부고가 먼저 갈 지도 몰라. 그래도 괜찮다면."

노옹이 노파의 휴대폰에 자기 번호를 꾹꾹 눌러 담느라 애쓰는데, 노파가 덧붙였다.

"나 먼저 갔다고 너무 부러워하지 마."

"'미 투'다. 내가 너보다 오래 산다는 보장이 어딨어? 내가 먼저 전화하면 되지 뭐."

노파는 노옹이 돌려준 휴대폰의 통화버튼을 눌렀다. 노옹의 휴대폰이 괴상한 소리로 오두방정을 떨었다. 노파가 까르르 웃었다.

다시 스쿠터에 타면서 노파가 걱정했다.

"양복 다 젖어서 어떡해."

"다시 입을 일도 없어."

두 노인네는 소년소녀 폭주족처럼, 어두워지는 가을 시골을 소리 내어 휘저었다. 노파는 목소리가 나오지 않았지만 입을 크게 벌리고 목청껏 질렀다. 말 달리자, 말 달리자.

노파의 목소리가 노옹에게는 바람소리로 들렸다. 아내를 태우고 달리던 때가 그리웠다. 노파가 아내였으면 좋겠다고 생각했다. 말도 안 되는 생각을 털어버리듯 노옹도 질렀다. 막 달리자, 막 달리자.

노파에게 노옹의 목소리는 천둥소리로 들렸다. 진짜 천둥이었다.

또 쏟아질 본새였다.

소나기가 필요해

○

김상혁

강이가? 절대 그럴 수 없었단 말이지…….

술자리에 앉은 강이를 힐끔거리며 기훈은 다시 생각에 잠겼다. 자정이 가깝도록 지하 컴컴한 술집에 모여 웃고 떠드는 대학교 친구 가운데 강이를 어릴 적부터 알던 이도, 그의 근황을 아는 이도 기훈뿐이었다. 하지만 기훈은 강이가 슬쩍슬쩍 털어놓는 사연에 귀를 기울이지 못했다. 어차피 하도 들어서 다 아는 이야기기도 했고.

경기도 서북쪽 끝 파주의 외진 동네에서 자란 강이와 기훈은 유치원 입학부터 고등학교 졸업까지를 함께 한 사이였다. 둘 다 형제가 없고 서로 가정 형편도 비슷하다 보니 자연스럽게 친해졌다. 육아가 고됐던 어머니들 입장에서 보자면 가까운 놀이터에 나가더라도 혼자 노는 애를 돌보는 데 쏟는 수고에 비해 어린애 둘을 모래밭에 풀어놓고 지켜보는 일은 정말 수고도 아니었다. 아이의 안전을 전적으로 책임져야 한다는 불안감도 훨씬 덜했다. 아버지끼리는 데면데면한 편이었다. 강이 아버지는 음향기기를 대여·관리해주는 사업을 했고 기훈의 부친은 전기기사였는데, 모두 출퇴근 시간이 일정하지 않았기에 날짜를 잡아 어디를 놀러 가는 게 아니라면 마주칠 기회가 많지 않았다.

기훈이 강이로부터 소미에 관한 이야기를 처음 들은 건 초등학교 입학 직전이었다. 막 여덟 살이 된 기훈은 급성 기관지염이 떨어지질 않아 큰 병원이 가까운 면목동 외조부네 집에서 두 달 정도를 머물러야 했다. 그 일로 기훈 아버지는 집 안에서만큼은 영 담배를 피우지 못하게 되었고, 골초 외할아버지 역시 콜록대는 손자 근처에서 담배 꺼낼 엄두를 내지 못하고 하루에도 몇 번씩 좁은 골목으로 나가 겨울바람을 고스란히 맞곤 했다. 할머니도 할아버지 못지않은 애연가였지만 자신은 기훈과 붙어 있어야 한다며 손자가 두 달 요양을 마치고 파주로 돌아가는 날까지 담배에 손을 대지 않았다.

소미가 기훈이 너를 꼭 보고 싶다고 했는데…… 영어도 가르쳐준다 했구.

입학을 며칠 앞두고 얼굴이고 몸이고 핼쑥해서 집으로 돌아온 기훈에게 강이가 불쑥 꺼낸 이름이 바로 소미였다.

그런데 죽어버렸어…… 소미가, 나랑 비를 맞고 놀다가, 폐렴에 걸려서 죽었대.

　일고여덟 살은 어떤 이야기에 포함된 진실과 거짓을 엄밀히 구별하거나 판단하는 나이가 아니었다. 그 후로도 강이는 종종 소미 얘기를 꺼냈지만 기훈은 별 관심을 두지 않았다. 강이 말에 따르면 소미는 외교관 아버지와 함께 외국으로 나갈 참에 폐렴이 도져 파주 실버타운에 거주하는 외조부 댁에 잠시 요양차 왔다는 것이다. 부모를 따라 해외를 전전하며 외롭기 그지없는 삶을 살았는데 자기 병을 핑계로 세 식구가 어머니의 고향 파주에 머무르게 되었으니 하루하루가 행복하고 아깝다고도 말했다는데, 그런 이야기를 들을 때마다 기훈은 고개를 갸웃거리지 않을 수 없었다. 어릴 적에는 그러려니 넘겼던 강이와 소미의 관계에 대해 머리가 커갈수록 의심이 들었다. 우선 강이가 소미를 처음 만난 장소는 한겨울 만우천이라고 했다. 집에서 가까운 만우천은 개구리도, 풀벌레도 많아 동네 애들이 즐겨 찾는 놀이터였다. 그런데 아무리 생각해도 제대로 된 부모라면 폐렴 걸린 어린 여자애를 한겨울 물가로 데려와 그리긴 시간 동안 낯선 애와 놀게 두지 않을 것 같았다. 게다가 기훈이 두 달간 서울 조부모 집에서 지내기는 했지만 그 사이 파주를 서너 번은 오갔고, 그렇게 파주에 와서는 어김없이 강이와 놀곤 했다. 그때도 기훈은 소미를 만나지 못했고 소미 얘기를 들은 기억도 없었다.

그래, 너 아플 때 우리 강이 혼자서 자주 놀이터에 나가긴 했어. 데리러 가면 가끔 어떤 여자애랑 노는 걸 봤는데…… 소미는 처음 듣네?

강이 어머니로부터 최초로 이런 대답을 들은 게 초등학교 오륙 학년 즈음이었을 것이다. 교과서에 실린 단편소설 「소나기」를 읽고 하도 이상해서 기훈은 소미에 관하여 묻지 않을 수 없었다.

그날 식탁에 나란히 앉아 기훈과 같이 돈가스를 우물거리던 강이는 귀까지 빨개져 고개를 숙인 채 부엌에서 설거지하는 자기 어머니의 눈빛을 외면하는 중이었다. 강이 아버지가 이른 시간 일을 마치고 돌아온 바람에 소미 이야기도 흐지부지 끝나고 말았지만 기훈의 의심은 더욱 깊어질 수밖에 없었다. 대체 무슨 이유로 강이는 자기 어머니에게 소미 얘기를 꺼내지도 않았던 걸까?

그때 폐렴은 내가 걸릴 뻔했는데? 하필 걔도 폐렴이었다고?

고등학교를 막 입학하고 강이가 다시 소미 얘기를 했을 때 기훈이 좀 짜증을 내며 되물었던 탓이었는지 몰라도 고등학교 삼 년 내내 강이는 소미를 언급하지 않았다. 그 일로 사이가 틀어지거나 한 건 아니었다. 둘은 예전처럼 잘 지냈다.

기훈이 소미를 다시 신경 쓰기 시작한 건 그러한 가상의 인물 때문에 강이가 스스로 인생을 망치고 있다고 느낀 이후였다. 대학 입학 후 강이는 선후배 남자 모두가 선망해 마지않는 여자

동기에게 고백을 받았다. 문제는 강이가 그 여자를 거절했다는 사실이고 더 큰 문제는 그 이유가 소미 때문이었다는 것이다.

기훈이나 강이나 외모는 고만고만했는데 키는 10센티 정도 강이 쪽이 컸다. 하여튼 그 일로 인해 기훈은 약간의 패배감, 당혹스러움, 의구심, 그리고 동정심을 동시에 느껴야 했다. 기훈 입장에서 더 어처구니없었던 건 교내에서 강이의 몸값이 천정부지 솟았다는 점이다. 누구나 아는 소설 「소나기」의 표절이 분명한 강이와 소미의 사연이 세상 둘도 없이 절절한 연애담으로 회자되기 시작하였다. 고백을 거절하는 자리에서 강이는 소미 이야기를 상대 여자에게 들려주었고, 상대는 그 이야기를 친구에게, 또 그 친구는 친구의 친구들에게 널리 널리 퍼뜨렸다. 그런 소설 같은 이야기가 실제로 있었냐며 강이를 위로하는 친구도 많았고 사연을 전해 듣고 밑도 끝도 없는 호의를 보이는 애들 또한 적지 않았다.

이때부터 기훈은 강이의 근황과 소미라는 인물에 관하여 주변 의견을 모으기 시작했다.

강이 걔, 좀 이상하네? 그때 폐렴은 우리 손자가 걸렸는데.

면목동 할머니는 기훈의 심정에 전적으로 동감해주었다.

그거, 남자 좋아하는 거 아니냐? 그게 아니면?

외투에 찬바람과 담배 냄새를 묻힌 채 현관으로 들어서던 할아버지도 거들었다. 허튼소리였을지언정 하여튼 냉소적이라는 점에서 할아버지 농담이 기훈의 기분을 나쁘게 만들지는 않왔다. 그래, 이게 보통 반응이지, 이게 맞지, 하는 생각에 오히려 안심이 되었다. 제주도 타운하우스 조성 공사를 끝내고 일주일 만에 돌아온 아버지도, 옆에서 가만히 이야기를 듣던 어머니도 비슷한 반응이었다.

가장 친한 친구를 못된 망상에서 구해내야 한다는 사명감은 기훈을 더없이 적극적인 사람으로 만들었다. 오전 강의 두 개를 빼먹고 기훈은 강이 어머니를 만났다. 어머니는 아들의 대학교 생활이 너무나도 궁금하던 차였기에 기훈이 집으로까지 찾아와 강이에 관하여 이런저런 이야기를 해주는 게 고마울 따름이었다. 하지만 강이가 소미라는 가상의 인물을 꾸며낸 일로 학교에서 곤란한 상황이다, 저번에 휴학한 이유도 실은 소미 이야기가 학교에 너무 퍼져 감당이 안 됐기 때문이다 같은 말을 기훈에게 듣게 되자 강이 어머니는 이내 당황하였다.

기훈아, 예전에도 네가 몇 번 말했을 때, 나는 강이 생각해서 그냥 모른 척 넘겼는데. 사실 소미는 말도 안 되는 얘기거든. 그때 너 아팠을 때. 강이가 누구 놀 사람이 없어서. 나랑 손잡고 매일 도서관 다녔어. 내가 그거 다 기억하지, 입학 직전 그 두 달이 얼마나 힘들었는데. 그런데 기훈아, 우리 강이가 많이 안 좋은 거야, 그러면 지금?

강이 어머니의 반응이 극적으로 심각해졌다. 어쩐지 기훈은 더욱 진지하고 어른스러운 태도를 드러내며 천천히 대답하였다.

어머니, 걱정하지 마세요. 강이 절대 안 나빠집니다. 안 그래도 오늘 만나서 조용히 얘기해보고, 강이랑 같이 친구들 오해도 다 풀고 하려고요. 그리고 어차피 군대 갔다 오면 그런 얘기 다시 꺼낼 애들도 없을 텐데요, 뭐.

기훈은 강이와 함께 강이의 추종자라 할 수 있는 동기 남녀 커플에게도 연락을 돌렸다. 강이가 너무 잡아떼거나 지나치게 흥분할 때를 대비해 심판역이 필요할 듯했다.

그러니까, 강이는 매일 도서관을 다녔단 말이지, 엄마랑 손 잡고 나란히? 약속 시각보다 30분 일찍 카페에 도착한 기훈은 미궁에 빠진 사건의 결정적인 실마리를 알아낸 탐정이 된 기분으로 푹신한 소파 의자에 깊숙이 몸을 구겨 넣었다.

아니, 니가 무슨 상관이냐?

강이는 자기 어머니에게서 어릴 적 그때 도서관 다녔던 얘기까지 다 듣고 왔다는 기훈의 말을 중간에 끊으며 조용하고 낮게 욕설을 뱉어내기 시작했다. 같이 온 동기 커플은 두려움과 호기심이 뒤섞인 눈빛으로 입을 다문 채였다.

너, 소미 때문에 여자도 못 만나고, 학교도 휴학하고, 여기서 잘 어울리지도 못하고 하니까, 내가 말해주는 거지. 그리고 친구끼리 그런 거짓말을 해?

기훈은 똥 싼 놈이 도리어 성내는 꼴에 기가 막히면서도 강이가 하도 기세등등하게 욕을 해대니 조금은 풀이 죽을 수밖에 없었다. 강이는 귀까지 빨개진 채로 말을 이었다.

뭐야, 내가 뭐를 못 어울려? 친한 애는 니가 하나도 없지, 이 자식이 놀아주니까 돌았네, 또 소미 때문에 내가 학교 쉬었다고? 누가 그랬는데?

기훈도 더는 참을 수가 없었다. 구라 쳐서 친구들 다 속인 놈이, 뭘 잘했다고? 왜? 소미가 자기 옷 그대로 입혀서 묻어 달라는 유언은 안 하디? 하고 기훈이 속으로 반격할 문장을 다듬는 중에 강이가 먼저 자리를 박차고 나가버렸다. 동기 커플 중에 남자는 얼른 일어나 강이를 좇아 나갔고 여자애는 씩씩대는 기훈 옆에 남아 눈치를 보고 있었다.

다 거짓말이었다니까? 너도 들었지? 다 지어낸 거야! 애들도 다 속이고. 완전히 미친놈 아냐, 저거 진짜.

괜찮아? 괜찮아? 자꾸 묻는 여자 동기에게 기훈은 동의를 구하는 식으로 답하면서 아까 미처 하지 못한 욕을 중간 중간 섞었다.

동석한 커플은 그날 이야기를 친구에게, 또 그 친구는 친구의 친구들에게 널리 널리 퍼뜨렸다. 그런 「소나기」 같은 이야기가 애초 실재할 리 없었다며 그 정도는 다 알고 있었다는 식으로 반응하는 친구도 많았고 자초지종을 전해 듣고는 깜빡 속았다고 강이를 욕하는 애들도 적지 않았다.

강이는 다시 휴학했다. 군대 간다는 소문이 돌았고 학교를 옮긴다는 말도 있었다. 카페에서의 사달 이후 기훈은 강이 어머니에게 전화를 했지만 연락이 되지 않았다. 자기 어머니에게 물어도 모른다는 답뿐이었다. 육아가 필요했던 시기엔 어머니들끼리 꼭 붙어 다녔지만 아이들이 중학교 고등학교를 들어가고 나서는 교류가 그리 잦지 않았다는 것이다. 강이네가 음향기기 사업을 접고 아예 서울에서 다른 일을 시작할지도 모른다는 얘기를 기훈이 자기 아버지로부터 전해들은 건 몇 달 후였다. 기훈은 친구를 도우려는 마음이 오해를 산 일이 무척이나 불쾌하면서도 한편으로는 강이와의 관계가 그리 끝나게 된 것이 찜찜하기 그지없었다. 소미는 기훈이 말마따나 실제 인물이 아니었다고, 강이가 자기 입으로 명확히 시인하지 않고 그냥 자리를 뜬 것도 끝내 아쉬웠다. 강이 상처도 컸을 테지만 어쩔 수 없는 일이라고 생각했다. 어찌되었든 기훈은 진실이란 어떤 방식으로든 결국 밝혀지는 게 옳다고 여겼다.

강이와 싸웠던 그 카페에 친구들과 모여 수다 떨던 기훈은 문득 강이를 떠올렸다. 두문불출, 끈 떨어진 연 같은 처지가 되어 점차 폐인이 되어 가는 강이의 모습을 괜히 상상해보며 기훈은 고개를 저었다. 그런 강이에게 아주 나중에라도 연락이 왔을 때 절대 외면해서는 안 된다고 기훈은 다짐하였다. 그렇게 진실을 받아들이고 낮아진 강이라면, 기훈은 언제라도 도울 생각이었다.

나기

○

김의경

창문 없는 집에 사는 여자가 죽었다. 그녀가 죽은 채로 발견된 것은 소나기가 내린 날이었다. 탐스러운 구름이 떠 있고 햇빛이 비치는데 세찬 비가 떨어졌으므로 그녀의 죽음 자체가 장난 같았다. 나이는 얼마나 되었을까. 나는 막연히 삼십대일 거라고 생각했지만 어쩌면 사십대 혹은 이십대였을지도 모른다는 생각이 들었다. 그녀는 구부정한 자세와 어두운 표정으로 대체로 인생 다 산 노인처럼 보였지만 어떤 날은 천진한 소녀 같았다. 아이스크림을 먹을 때 그랬다. 그녀와 나는 무인 아이스크림 할인점에서 종종 마주쳤다. 불면증에 시달리던 내가 새벽에 깨어나 무인 아이스크림 할인점으로 가면 비틀거리는 몸을 가누며 냉동고에서 아이스크림을 꺼내는 그녀를 만날 수 있었다. 그녀가 술집에 나간다는 소문이 돌았다. 어둑해질 때 나

춘상 383, 1987, 112x145cm, oil on canvas

가서 새벽에 귀가했기 때문이다. 그녀의 손에 늘 바밤바가 들려 있었으므로 동네 사람들은 그녀를 '바밤바'라고 불렀다. 아이스크림 할인점에서는 무엇을 고를까 잠시라도 고민하기 마련인데 그녀는 늘 고민 없이 바밤바를 골랐다. 바밤바라는 별명은 그녀에게 잘 어울렸다. 주로 밤에 활동하는데다가 바람처럼 왔다가 떠났으므로 바밤바라는 말에는 그런 의미가 담겨 있는 것 같기도 했다.

아이스크림은 편의점에도 팔았지만 나는 무조건 무인 아이스크림 할인점으로 갔다. 가격이 저렴하기도 했지만 밤에는 사람을 거치지 않아도 되는 무인 가게가 좋았다. 바밤바도 그런 이유로 그곳에 왔을까. 바밤바는 아이스크림 가게 앞 돌계단에 걸터앉아 바밤바를 먹었다. 고르는 속도는 빨랐지만 먹는 속도는 답답할 정도로 느렸다. 바밤바는 혓바닥으로 매일 먹는 바밤바를 천천히 핥아서 음미하듯 먹었다. 마치 그 순간이 하루의 피로를 보상받는 유일한 시간이라는 듯이. 나는 녹아내리는 아이스크림을 볼 때마다 조바심이 났다. 그녀가 손에 든 바밤바는 눈물을 흘리는 것처럼 보였다.

바밤바가 들것에 실려 나오던 순간 주인 할머니는 집 앞에서 발을 구르며 말했다.

"이런 날이 올 줄 알았어. 얼굴에 그림자가 드리워져 있었거든. 그런 사람은 반드시 죽은 지 한참이 지나서 발견돼. 연락하는 사람이 없으니까."

하지만 바밤바는 생각보다 일찍 발견되었다. 그녀가 키우던 고양이 덕분이었다. 밤새도록 이어지는 고양이 울음소리를 들은 주인 할머니가 문을 따고 들어갔고 웅크린 채로 누워 있는 여자를 발견했다. 문득 내가 죽으면 누가 뒤처리를 해줄까 생각했다. 나는 가족과 사이가 좋지 않았다. 여동생은 1년에 한 번 내게 문자를 보내 생존 확인을 했고 아빠란 사람도 가끔 몸이 아프다며 돈을 보내달라는 문자를 남겼다. 나는 그들의 문자에 답하진 않았지만 그들의 번호를 저장해뒀다. 혹시나 내가 죽었을 경우를 대비해서였다. 허울뿐인 가족이지만 뒤처리를 해줄 거라고 생각했다.

요즘 이 동네 집주인들은 신경이 예민했다. 자살하는 사람이 늘었기 때문이다. 이 동네는 젊은 사람들이 종종 죽어 나갔다. 반지하부터 2층까지 세를 놓은 집주인들은 대부분 이 동네에서 오래 산 노인들이었다. 그들은 서로 친했고 대부분 3층에 살았다. 집주인들은 혀를 차며 말했다.

"노인도 아니고 젊은 여자가 왜 자살을 해?"

황당하게도 여자가 죽은 이후로 바밤바의 지인이라는 사람들이 등장했다. 바밤바의 유품을 정리하는 날이었다. 부지런히 박스를 주워 나르던 칠십대 노인은 자신이 바밤바의 친구라면서 바밤바가 자신이 죽으면 전기밥솥을 가져가라고 했다는 확인할 수 없는 말을 했다. 건너편 반지하에 살던 중년 남자는 자신이 가끔 바밤바와 대화를 나눴다며 전자레인지를 들고 갔다.

주인 할머니는 바밤바가 마지막 달 월세를 내지 않았다면서 냉장고와 텔레비전을 챙겼다. 바밤바의 윗집 아줌마는 다소곳이 한쪽 귀퉁이를 지키고 있던 기타를 집어 들었다. 매일 밤 바밤바가 치는 기타 소리를 참아냈으니 그것은 자신이 가져야 한다고 했다. 바밤바의 짐이 집 밖으로 나온 날은 바밤바의 시신이 실려 나온 날보다 쓸쓸했다.

하지만 아무도 나비를 챙기려 하진 않았다. 며칠 굶어서 비쩍 마른 고양이는 주인이 없는데도 열어둔 창문 밖으로 나가지 않았다. 바밤바의 반지하는 창문 없는 집으로 통했지만 정말로 창문이 없는 건 아니었다. 지나치게 깊이 파여 있어서 창문이 있다는 걸 알기 힘들 뿐이었다. 밖에서 보이는 창문은 고작 15센티미터 정도였다. 나는 그런 집에 사람이 산다는 것도 믿기 힘들었다. 하지만 그 집 고양이는 그 좁은 틈을 통해 능숙하게 집을 드나들었다.

"제가 데려갈게요. 나기."

한쪽에서 짐이 나오는 걸 구경하던 옆집 여자였다. 여자가 땅을 보며 말했다.

"이 집 주인이 나기를 부탁한다고 했어요. 제가 나기를 이틀간 돌본 적이 있거든요. 물론 죽을 작정으로 한 말은 아니겠지만요."

집주인은 그녀의 말에 귀 기울이지 않았다. 데려가든 말든 관심이 없어 보였다. 옆집 여자는 허공에 대고 중얼거렸다.

"집에 데려가서 돌본 건 아니지만 창문 틈으로 사료를 넣어 줬어요. 비닐봉지에 넣어서 던져주면 알아서 뜯어먹는다고 했어요."

나는 여자에게 물었다.

"나비가 아니라 나기예요?"

"네. 성은 소 이름은 나기. 소나기가 내린 날 전봇대 밑에 버려진 걸 발견했어요. 비밀봉지 안에 넣어서 바람이 통하지 않게 묶어서 버렸대요. 비닐봉지 속에서 발버둥치는 나기를 구하려고 봉지를 손가락으로 뜯었대요."

쓴웃음이 나왔다. 나는 새벽에 바밤바가 고양이를 찾는 소리를 여러 번 들었다.

"직접 키우시게요?"

"잘 모르겠어요. 입양 보낼 곳이 없으니 제가 데리고 있어야겠죠."

잠시 침묵이 이어졌다. 나도 모르게 여자를 빤히 쳐다봤다. 내 시선이 불편했던지 여자는 시선을 피했다. 옆집 여자와 대화를 한 건 이번이 처음이었다. 이곳에서 5년이나 살았지만 옆집 여자에 대해서는 알 길이 없었다. 옆집 여자는 집 밖으로 잘 나오지 않았다. 한마디로 그녀는 '요주의 인물'이었다. 언제 또 집주인을 곤란하게 할지 모르는 차기 고독사 후보 1순위.

반지하에 사는 사람들은 곰팡이 때문에 문을 자주 열어 환기가 되게 했다. 하지만 옆집 문은 여간해서는 열리지 않았다. 옆집 문은 비가 온 다음 날이나 소나기가 내린 날 열렸다. 여자는 비가 그치면 집안의 모든 문을 열었다. 소나기가 내린 날 나는 열린 창문을 통해 여자의 방을 훔쳐본 적이 있다. 흔히 볼 수 있는 평범한 방이었지만 지나치게 짐이 없었다. 조금 전까지 누워 있었는지 요와 이불이 바닥에 펼쳐져 있었다. 나는 그 집에 고양이가 들어가 산다는 것이 실감 나지 않았다.

나는 옆집 여자에게 말했다.

"그럼 저하고 같이 키워요. 고향에 가거나 집을 비우게 되면 미리 알려주세요. 제가 맡을게요."

옆집 여자는 아무런 대꾸 없이 고양이를 품에 안고 자신의 집으로 들어갔다. 여자는 나를 피하는 것 같았다. 그 일 때문일까. 1년도 더 된 일이었다. 지난해 봄 나는 옆집 여자를 위해 경찰에 신고했다. 나는 아무것도 보지 못했지만 어떤 소리를 들었다. 늦은 밤, 외출했다가 돌아와 열쇠로 문을 열려는데 옆집에서 무거운 물건이 떨어지는 소리가 들렸고 곧이어 물건들이 쏟아져 내리는 소리가 들렸다. 남자의 목소리가 들린 것 같았지만 무슨 일이 일어났는지 알 길이 없었다. 그날 이후로 옆집 여자를 보는 것은 더욱 힘들어졌다. 한동안 옆집에서는 텔레비전 소리도 들리지 않았고 불빛도 새어 나오지 않았다. 언젠가 저 집에서도 여자가 죽은 채로 실려 나올 것 같아 불안했다.

그리고 보니 아이스크림 할인점에서 바밤바와 함께 셋이 마주친 적도 있었다. 지난 구정 설날이었다. 우리는 셀프 계산대 앞에서 서로 눈짓으로 먼저 계산하라고 양보했다. 눈치만 보다가 가장 먼저 계산대 앞에 서는 것은 항상 나였다. 누군가 먼저 나서지 않으면 밤새도록 그 자리에 서 있을 수도 있는 여자들이었다. 우리 세 사람이 아이스크림 할인점에서 만난 건 우연이 아니었다. 우리는 반지하에 사는 여자들로 고양이처럼 어둑해져서야 집 밖으로 기어 나온다는 공통점이 있었다. 버림받은 고양이처럼. 그냥 방치된 것도 아니고 가장 잔인한 방식으로 버려진 사람들. 이웃들이 고향에 내려간 설날, 자정이 넘은 시간에 우리가 맘 편히 들락거릴 수 있는 곳이 그곳이었을 뿐이다.

옆집과 우리 집은 좁은 골목을 사이에 두고 붙어 있었다. 나는 지난겨울 골목에 수북이 쌓인 눈을 옆집 여자와 함께 쓸었다. 1층부터 3층에 사는 사람들은 모두 노인이었으므로 반지하에 사는 우리가 눈을 치워야 했다. 무릎까지 쌓인 눈을 치우는 동안 우리는 한마디도 나누지 않았지만 나는 옆집 여자와 가까워진 기분이 들었다. 옆집 여자는 불법체류자라도 되는 것처럼 숨어 살았다. 무더운 여름에도 옆집 문은 열리지 않았다. 에어컨도 없는 방에서 어떻게 견디고 있는지 걱정이 될 정도였다. 나는 종종 잠자리에 누워 생각에 잠겼다. 몸을 옆으로 세워 여자의 집을 향해 누운 채로 눈앞의 두 개의 벽을 허물면 어떤 장면이 펼쳐질까 상상했다. 수면제를 앞에 두고 먹을까 말까 고민하는 여자의 모습, 혹은 시체처럼 누워 있는 여자의 모습. 옆집 여자를 떠올리면 그런 장면만 떠올랐다.

바밤바의 짐이 집 밖으로 나온 날 이후로 옆집 여자를 다시 만나기까지는 오랜 시간이 걸리지 않았다. 닷새가 지난 그 주의 주말, 자정이 넘은 시각에 아이스크림 할인점에서 옆집 여자와 마주쳤다. 나는 옆에서 아이스크림을 고르는 여자에게 물었다.

"그 고양이를 돌본 적이 있다고요?"

"돌봤다기보다는 그냥 밥을 챙겨줬어요. 지난봄에 아이스크림 할인점에서 만났을 때 아이스크림을 사주면서 나기 밥을 챙겨달라고 부탁했거든요. 지방에 다녀와야 하는데 사료를 잔뜩 담아두고 가면 한꺼번에 먹는다면서 창문 틈으로 하루에 두 번 밥을 넣어달라고 했어요."

여자가 잠시 맘을 멈췄다가 다시 말했다.

"그때 이미 결심했던 건지 혹시나 자기에게 무슨 일이 생기면 고양이를 부탁한다고 했어요."

바밤바가 고양이를 위해 이웃에게 말을 걸었다니 신기했다. 집주인들은 바밤바가 이 동네에 사는 5년 동안 단 한 번도 이웃에게 인사를 하거나 말을 건 적이 없다고 했다.

합의한 건 아니었지만 나는 옆집 여자와 함께 나기를 돌봤다. 여자가 외출하면 나기는 창문을 통해 골목으로 나왔다. 나기는 이제 커다란 창문을 통해 자유롭게 드나들었다. 나는 나기에게 간식을 건네줬다. 낯선 사람이 나기를 만지면 마치 내가 주인인 것처럼 주인 있는 고양이라고 말했다.

옆집에서 고양이가 살게 된 이후로 뭔가 달라졌다. 고양이 울음소리를 통해 옆집 여자가 살아 있다는 것을 짐작할 수 있었다. 마치 고양이를 통해 여자의 안부를 전달받는 느낌이었다. 가끔은 창문 너머로 여자의 웃음소리가 들려왔다. 나는 잘못 들었나 싶어 귀를 쫑긋 세웠다. 여자는 몇 번이나 더 그렇게 크게 웃었다. 나는 고양이 울음소리인지 여자의 웃음소리인지 구분되지 않는 소리를 들으며 침대에 누웠다. 그 순간 머릿속에 새로운 그림이 그려졌다. 벽을 허물면 여자가 나기를 품에 안은 채로 누워 있을 것 같았다. 벽에 그려진 그라피티처럼 그 장면이 선명히 떠올랐다.

폭염이 방을 뜨겁게 달궜다. 밖에 나가기 싫을 정도로 지독한 더위였다. 그런데도 옆집 문은 열리지 않았고 하루 종일 아무 소리도 들리지 않았다. 고양이 소리도 들리지 않았다. 나는 창문과 현관문을 모두 열어놓고 일하다가 때때로 옆집을 향해 귀를 기울였다. 시계를 보니 12시 정각을 지나고 있었다. 머릿속에 어두운 그림이 떠올랐다. 벽을 허물어트리면 여자와 고양이가 피를 토한 채로 나란히 누워 있을 것 같았다. 나는 밖으로 나가 그녀의 집 앞에 서서 문을 두드렸다.

"옆집이에요. 안에 있어요?"

아무 소리도 들리지 않았다. 나는 나기를 찾다가 편의점 앞까지 갔다. 갑자기 비가 내리기 시작했고 조금씩 빗발이 거세어졌다. 나는 무인 아이스크림 할인점 앞으로 다가갔다. 이 시간에 불을 밝게 밝힌 가게는 편의점 말고는 무인 아이스크림 할인점뿐이었다. 나는 안으로 들어가 비를 피했다. 잠시 뒤 누군가 아이스크림 할인점으로 들어왔다. 옆집 여자였다. 외출하고 돌아오는 길인지 평소와 다르게 차려입었고 활기가 넘쳤다. 그녀는 머리카락에 묻은 비를 손으로 털며 이것저것 아이스크림을 들었다 놨다 했다. 나도 아이스크림을 고르며 여자에게 물었다.

"나기는 집에 있어요?"

여자가 고개를 들고 말했다.

"나기요? 산책 갔을 거예요. 매일 이 시간에 산책 나가요. 비가 오니 어디선가 비를 피하고 있을 거예요."

옆집 여자는 한참을 고민하다가 바밤바를 들어 올렸다. 나도 바밤바를 골랐다. 여자는 문을 열고 나가 가게 앞 돌계단에 걸터앉았다. 나도 여자 옆에 앉았다. 우리는 말없이 바밤바를 먹었다. 옆집 여자는 바밤바처럼 천천히 혓바닥으로 녹아내리는 바밤바를 핥았다.

빗방울이 잦아들면서 서서히 비가 멈췄다. 어디선가 고양이 울음소리가 들렸다. 산책을 마친 나기가 우리에게 다가오고 있었다.

지하철 안에 내리는 소나기

○

한성규

집으로 가는 길이었다. 새벽 3시에 아르바이트를 마무리 했지만 4시 30분 지하철 첫차까지 1시간 30분이나 남아 있었다. 취객을 피하며 지하철 첫차를 기다렸다. 사방이 막혀있는 지하철 첫차는 밤새 마신 술과 배만 누르면 언제든지 쏟아져 나올 것 같은 구토의 냄새가 진동했다. 어리고 만만한 여자만 보면 추태를 부리려는 눈들을 피해 지하철 천정에 늘어선 형광등의 행렬을 올려다보고 있었다.

나를 태운 지하철 5호선은 여의나루역을 지나 한강 깊숙한 곳을 통과하고 있었다. 한강을 지나는 지하철은 1호선, 2호선, 3호선, 4호선, 7호선 그리고 5호선이 있다. 다른 지하철은 전부 다리위로 한강을 건너지만, 5호선만 깊게 파 들어가 한강 밑을 통과한다.

축장 333, 2006, 130x162cm, oil on canvas

나는 혹시 한강 물이라도 새어나오는 것 아닐까 하고 5호선 지하철 천장을 올려다보고 있었다. 자세히 보니 지하철 천장에서는 바람이 새어나오고 있었다. 한강 밑에서도 무슨 바람이 저렇게 나오나, 하며 인터넷 검색을 해보았다.

[급기구입니다. 지하철은 환기가 어려워 외부의 신선한 공기를 승강장내로 강제로 주입하고 있습니다. 외부공기로 생각하시면 됩니다.]

급기구라는 처음 보는 단어를 검색하고 있었는데 갑자기 지하철 전체에 불이 꺼졌다.

1호선 지하철이 서울역과 남영역을 지날 때나 4호선 지하철이 남태령역과 선바위역을 지날 때는 간혹 이런 일이 있었지만, 5호선에서는 처음이었다. 지식백과는 지하철에서 불이 꺼지는 현상을 '마의 구간의 비밀'이라고 불렀다.

[화성 궤도를 돌며 탐사를 벌이기 위하여 미국 항공우주국이 발사한 화성 탐사선이 1999년 9월 화성의 궤도에 제대로 진입하지 못하고 대기 중에서 불에 타 소실된 것과 같은 사고를 방지하기 위해서입니다. 우주선 제작진과 조종팀이 미터계와 인치계로 각기 다른 표준을 생각하고 계산착오를 일으키는 것과 비슷한 것이지요.]

내가 무식한 탓인지 몰라도 무슨 소린지 이해할 수 없었다.

[즉, 표준이 문제입니다. 서울의 지하철 일부 구간에서 전동차들이 전원을 끄고 관성을 이용하여 달리는 위험을 무릅써야

하는 이유는, 한국철도공사가 운영하는 곳과 서울지하철공사가 운영하는 곳에서 전력공급을 위한 기술 표준방식이 서로 다르기 때문입니다. 한국철도공사 구역에서는 25,000V의 교류 전원을 사용하는 반면, 서울지하철공사 구역에서는 1,500V의 직류 전원을 사용하기 때문에 두 구역 사이의 '마의 구간'에서는 사고를 피하기 위해 잠시 전원을 끌 수밖에 없습니다.]

관성? 매일 같은 곳을 왔다 갔다 하는 것도, 같은 시간에 같은 일을 하는 것도 관성인가?

잠을 못 잔 탓인지, 매일 같은 곳을 관성으로 운행하는 지하철 5호선이 궤도에 진입하지 못하고 불타올라 버렸으면 하는 공상을 했다.

그 순간, 급기구에서 물이 쏴하고 쏟아졌다. 양복 입은 사람들은 갑자기 쏟아지는 물을 피해 이리 뛰고 저리 뛰어다녔다. 새벽 청소를 하러 나가는 복장의 사람들은 젖은 바닥을 보며 직업정신을 발휘해 어디부터 치울까 고민하는 모습이었다. 나는 멍해져서 급기구를 올려다보고 있었고, 술에 취한 사람들은 머리를 감싸 쥐었다.

그때 나는, 다음 아르바이트까지 잘 시간을 조금이라도 더 벌기위해 머리라도 감을까? 하는 생각을 했다.

에어컨에서 물이 흘러나온 건 처음이라며 미안하다는 방송이 흘러나왔다. 사람들은 씨발씨발 거리며 욕을 했다. 갑작스런 소나기가 그치고 다시 불이 켜졌다. 지하철은 다시 궤도에 진입한 후 관성에 따라 질주했다.

내 눈에는 분명히 지하철 천장너머로 무지개 같은 것이 펼쳐졌던 것 같다. 나는 황홀한 눈으로 천정을 둘러보았다. 휴대폰 화면에는 이런 질문이 있었다.

[지하철 천장 뜯어놓고 달리면 좋을 것 같지 않아요?]

답글은 이렇게 달려 있었다.

[갑자기? 근데 시원하긴 하겠네요.]

후상 247, 2006, 80x100cm, oil on canvas

달이 지고 새벽이 오고 소나기 내리다

○

주수자

갑작스레 소나기가 쏟아지고 있었다. 쏴아아, 쏴아아 물 떨어지는 소리 틈새로 딩동, 소리가 났다. 김두길은 이 시각에? 고개를 갸우뚱하며 물에 젖은 통지서를 받아들었다. 김두길의 머릿속이 즉시 노래졌다. 이어서 아버지 얼굴이 떠올랐다. 병원에 있는 그가 직접 받았다면 분명 앞뒤도 살피지 않고 무슨 일이라도 저질렀을 것이다.

젠장, 어디서부터 시작되었는지 시인이자 독립투사로 알려진 조부가 일제에 협조했었다는 루머가 전염병처럼 퍼졌다. 변호사를 고용하여 진실은 그렇지 않다는 주장을 펼쳤건만 고등법원은 김두길의 손을 들어주지 않았던 것이다. 친일파로 여겨지는 편지가 발견되었다는 점이 불리했다. 하지만 편지는 날조된 것일 수도, 어떤 놈의 모함일 수도 있었다.

석 달 안에 조부의 현충원 묘지를 옮겨야 했다! 김두길은 미룰 수 있는 한 미루었다. 허나 시간은 아랑곳하지 않고 후다닥 지나갔고 마침내 치욕을 치루어야 하는 날이 왔다. 자신 외에는 이 재앙을 처리할 사람이 없는 김두길은 그럼에도 독립운동가 후손답게 행동하리라, 마음을 단단히 먹었다.

현충원으로 가기 전에 그는 토지신에게 고하는 파묘 축문을 준비하려고 붓글씨 펜을 찾았다. 이상하게도 그걸 찾는데 한 시간이나 걸렸다. 이것저것 뒤지다가 상자 속에 고이 간직해둔 애국지사 증서가 눈에 들어왔지만 붓글씨 펜을 찾는 일에만 신경을 곤두세웠다.

그런데 막상 한지와 펜을 찾아 코앞에 놓고 나니, 토지신에 고하는 글귀도, 할아버지 이름자도 생각나지 않았다. 시인으로 알려진 필명만 머릿속에서 깜빡거릴 뿐, 기억의 불이 들어오지 않았다. 그나마도 필명의 한자도 대충 어른거리기는 했으나 확실히 그려지지 않았다. 아내도 옆에서 고개를 절레절레 흔들었다. 그렇다고 암투병으로 누워 있는 아버지에게 연락할 수는 없었다. 그는 하는 수 없이 보관 상자를 다시 꺼내 애국지사 증서에서 한자 성함을 알아냈다. 그러자 신기하게도 축문의 문구가 저절로 떠올랐다.

'유세차 모년 모월 모일 감소고우 토지지신 금위 처사 안동 김씨 장계폄 천우타소 신기보우 비무후간 근이 청작포혜 지천 우신 상 향'

쓰는 도중에 펜을 잡고 있는 손목이 자꾸 후들거렸다. 진땀이 났다. 한지 종이가 바로 팔꿈치 거리에 있는데도 왠지 아득한 안개 속에, 아니, 저 멀리 구름에 걸려 있는 듯한 기분이 들었다. 그러거나 말거나 김두길은 이마에 맺힌 땀을 닦으며, '할아버지, 새로운 자리로 모시고자 하오니 천둥소리가 나더라도 놀라지 마시옵소서' 하는 마지막 문장을 완성했다.

그리고 나서 집을 나선 그는 괜스레 죄 없는 뿌연 하늘을 째려보았다. 하늘 모서리에 걸린 먹구름이 두 쪽으로 쪼개져 서서히 갈라지고 있는 광경이 눈에 들어왔다. 비라도 쏟아질 것 같은 기세였다.

아니나 다를까 현충원에 다다르자 빗방울이 질금질금 뿌리기 시작했다. 게다가 어디서 난데없이 까마귀 떼가 나타나 그의 머리 위를 선회했다. 검은 망토를 뒤집어쓴 까마귀들이 까악가악 소리를 질러댔다. 번쩍이는 플래시가 우악할 정도로 후시시 여러 번이나 터졌다. 그는 부아가 치밀었지만 모르는 척했다.

손을 휘휘 저으며 김두길은 걸음을 빨리 했다. 까마귀들도 곁에 바싹 붙어 따라왔다. 그가 발을 옮길 때마다 그들은 뾰족한 주둥이를 이리 내밀고 갈쿠리를 저리 디밀며, 할 말이 있느냐는 둥 무슨 말이라도 해달라는 둥, 궁궁궁 쪼아댔다. 다들 입 냄새가 고약했다. 진동하는 악취가 그를 익사시킬 정도였다.

참다못해 김두길은 총알만큼 강력한 주먹질로 몸부림을 쳤다. 그러자 까마귀들이 일제히 입을 다물었다. 곧 담배연기만큼 빨리 해체되어 사라졌다. 애초부터 존재하지 않았던 유령들처럼.

이윽고 자유로워진 김두길은 서둘러 조부의 묘로 가서 삽을 움직였다. 비 맞은 땅은 축축하고 부드러웠다. 반면 비 때문에 땅 밑에서 올라오는 냄새가 더 퀴퀴해져서 두터운 마스크로 가리고 있어도 거즈를 뚫고 풍겨오는 습습함이 그를 점점 몽롱하게 만들었다.

일이 반쯤 진척되자 찔끔거리던 보슬비가 갑자기 멎었다. 그도 일손을 멈췄다. 그리고는 허리를 반쯤 펴고, 파헤쳐진 흙구덩이를 내려다보았다. 땅의 심연에서 반세기도 넘어 지낸 유해는 심히 부패해 있었다. 더러는 유해를 찾을 수 없는 케이스도 있다지만 우려와는 달리 심토층에 이르자 어렴풋한 형체가 드러났다.

김두길은 고개를 갸우뚱, 했다. 아니, 당황했다. 재차 멈칫, 했다.

땅속 유골이 과연 할아버지의 것인지 아닌지, 헷갈렸다. 일반적으로 유해 수습에도 순서가 있어 다리부터 시작하여 위쪽에서 끝내야 하는 법인데, 외다리였다는 할아버지 유해의 다리 쪽에는 다리가 두 개 있었다. 공포가 흉측한 꼬리를 흔들며 스쳐갔다.

할아버지는 만주 독립투사 시절에 다리 하나를 잃으셨다고 했다. 그가 직접 본 건 아니고, 아버지를 비롯하여 친지로부터 전해들은 이야기였지만. 허나 상식적으로 생각해보라! 누가 이런 명백한 외양을 왜곡해서 전했겠는가, 또 설령 하늘같은 혜택이 주어진다한들 누가 멀쩡한 다리를 절단해서까지 위장했겠는가, 말도 안 되는 말이었다. 아무리 생각해봐도 할아버지의 다리뼈 두 개는……?

그는 아예 흙구덩이 아래로 내려갔다. 슬그머니 흙을 휘저어보았다. 정강이뼈가 두 개였다. 단연코 할아버지의 시신이 아니었다. 놀라 자빠지고 기절초풍할 일이었다. 혹시 인간 뼈가 채소처럼 땅 속에서 자라날 수 있는 성질의 것이라면 몰라도.

그때, 또 다시 빗방울이 김두길의 열난 머리통을 살살 적시기 시작했다.

그는 숨을 씩씩거렸다. 흙구덩이에서 허리를 곧바로 펴고 서서, 한 눈을 찌푸리고 빗줄기를 비스듬히 째려봤다. 아니, 비라고 불리는 혼란스러운 물상을 마치 처음 보는 사람처럼 노려보았다.

그런데, 아뿔싸! 진실이 그러하듯, 비라는 게 한 방향으로만 가지런히 내리는 것이 아니었다. 게다가 빗줄기가 얼핏 이어지는 듯이 보여도 쭈욱 실처럼 하나로 이어지는 것도 아니었다. 비라는 빗방울들은 제각각 이리 비틀 저리 비틀 조금씩 다른 각도로 공기를 후려치며 저마다의 궤도를 따라 곤두박질하는 그 무엇이었다.

비를 노려보던 김두길의 동공이 크게 부풀었다. 입도 헤 벌어졌다. 섬광과도 같은 깨달음에 그의 목구멍에서 너털웃음마저 허허허 터져 나왔다.

그러나 그는 곧 입을 다물었다. 혹시 누가 일부러, 아니면 혹시 누군가가 무심코 지나가다가, 비가 오는 날 무덤을 파헤치며 실실 웃는 자신을 보고 오해할 수도 있을 테니.

비는 이제 제법 강도를 높이고 있었다. 아까보다 굵어진 빗방울들이 저마다의 각도로 그의 젖은 등을 두들기고 합주하고 있던 중이었다. 어디선가 분노에 찬 목소리가 들려왔다.

어이, 거기서 뭐하는 거냐! 함부로 묘를 파헤치다니? 감히 순국선열과 호국영령들이 계신 곳을? 미쳐도 유분수지.

김두길은 정말이지 너무 놀라 입이 딱 벌어졌다.

땅 위에 버티고 있는 사내의 다리통은 엄청나게 거대했다. 게다가 얼핏 묘지기임이 틀림없어 보이지만 한편 공무원 같기도 또는 군인 같기도 한 사내는 먼 하늘에서 천둥이 으르렁거리듯 연신 고함을 질러댔다.

대체 넌 어떤 놈이냐! 당장 무덤에서 나오지 못해!

정체불명 사내의 불호령은 그칠 기세가 없이 이어졌다. 김두길은 떨리는 손가락으로 가슴팍을 가리키며, 저 말입니까? 했으나 그의 혀는 움직이지 않았으므로 말이 나올 수 없었다. 두 발을 굴러보았지만 거기서도 움직임이 느껴지지 않았다. 바야흐로 그의 사지는 냉동 고기처럼 굳어져 가고, 설상가상으로 하체에서 주르륵 물까지 흘러나왔다.

김두길은 너무도 창피스러워 양손으로 얼굴을 가리고 꼬꾸라지듯 흙구덩이에다 머리를 처박았다. 뼈들이 우지끈 바스러지는 소리가 났다. 그러자 앙칼진 목소리가 그의 귀를 찔렀다.

아니, 미쳤수? 무슨 박치기를 이리 쎄게 해욧! 고약한 잠버릇 땜에 생사람 잡것소! 에구구, 남보기 남세스럽구랴!

빗발치듯 쏟아지는 비난 때문에 김두길은 번쩍 눈을 떴다. 주변을 둘레둘레 살폈다. 꿈인 듯 현실인 듯 언뜻 감이 잡히지 않았으나 확실한 사실 하나는, 달은 이미 지고 새벽도 지나고 아침이 온 것이었다. 그는 깜짝 놀라 일어나 앉았다. 창문으로 슬쩍 고개를 돌려보니, 젠장, 바깥에선 소나기가 퍼붓고 있었다. 그때 누군가가 시인 김두길 씨의 집 대문 초인종을 딩동, 눌렀다.

추상 402, 1995, 130x194cm, oil on canvas

「소나기」, 이야기를 만나다

김종회(문학평론가)

1. '사랑의 원형'을 잇는 다양한 서사

황순원의 「소나기」는 이른바 '국민 단편'으로 불리는 한국 문학의 백미 편이다. 이 작품이 발표된 것이 1953년이니, 아직 6·25동란의 포화가 멎기 전이다. 왜 작가는 그 동족상잔의 엄혹한 전쟁 가운데서, 시대적 상황과 절연된 이 첫사랑 이야기를 소설로 썼을까. 서울에서 전학 온 병약한 소녀와 순진무구한 시골 소년이 처음으로 마음을 여는 아름다운 이야기. 우리가 세상을 살아가면서 잊어버릴 수 없고 잃어버려서도 안 되는 동심의 순수성이 거기에 있다. 작가는 이 근원적인 사랑의 힘이야말로 온갖 험난한 시대사의 파고波高를 넘어서게 하는 추동력이 된다고 말하려 했던 것이 아닐까. 황순원 문학의 핵심을 이루는 인본주의 사상에 비추어 보면 충분히 그럴 수가

축상 151, 2003, 80x100cm, oil on canvas

있다.

「소나기」라는 소설은 그 주제가 보여주는 청신한 울림, 여운, 감동도 그러하려니와 단단하게 축약되고 곁가지 없는 순우리말 투의 문장만으로도 그 미학적 가치를 인정받는다. 이 작품은 한국문학의 소설 가운데 가장 많은 OSMU(One-source Multi-use)를 생산한 경우가 아닐까 한다. 우리는 곳곳에서 영화, 연극, 뮤지컬, 만화, 애니메이션 등의 다양한 장르로 변형된 「소나기」를 만났고 이를 패러디한 새로운 유형의 창작을 목격하기도 했다. 황순원문학촌 소나기마을에서 엮은 『소년, 소녀를 만나다』(문학과지성사, 2016)는 그 대표적인 사례에 해당한다. 황순원의 문맥과 학맥을 이어받은 9명의 작가가 「소나기」 이후, 소녀 사후의 이야기를 짧은 소설로 쓴 것이다.

이번에 새 얼굴로 출간되는 『소나기 그리고 소나기』는 이와 유사한 기획 의도를 갖고 있으나, 그 세항에 있어서는 한 걸음 더 앞으로 나아간다. 이 책에 실린 11편의 소설은, 우선 '스마트소설'이란 동시대의 선진적 장르를 바탕에 깔고 있다. '소나기'라는 시간적 공간적 환경, '소년 그리고 소녀'라는 인물의 구성, 그로 인한 '서정적 깊은 감응'을 이어받되 각기의 이야기에는 아무런 족쇄도 채우지 않는 것이었다. 또한 이 작품들의 창작자에 있어서도 그간의 눈에 보이지 않던 경계를 과감히 허물었다. 한국 문단에 수발秀拔한 이름을 가진 기성 작가들과 미등단 작가들의 스마트소설 공모전 당선작을 구분 없이 실었다. '소나기가 내리는 지상에서 모두가 잠시 유숙하고 가는 문학적 마음'을 지표로 삼았다는 것이다.

이 글의 소제목으로 '사랑의 원형을 잇는 다양한 서사'라는 호명을 부여한 것은, 어쩌면 우리 가슴속에 아직도 온기 있게 남아 있는 처음 사랑의 기억을 소중하고 조심스럽게 소환해 보자는 뜻을 가졌다. 또한 기획자가 작가들에게 요청한,「소나기」에서 제시된 사랑의 원형을 이 시대 우리들의 삶 가운데로 이끌어 달라는 그 소망을 되새겨 보자는 의미도 있다. 참으로 중요한 것은 한 편의 유다른 작품을 읽는 경험이 아니다. 그 작품과 더불어 우리가 환기할 수 있는 우리 삶의 어리고 순수하던 시절, 그 시절로부터 다시 깨우침을 얻는 일이다. 그러기에 일찍이 영국의 낭만파 시인 윌리엄 워즈워스William Wordsworth가 '어린이는 어른의 아버지'라고 언표言表하지 않았던가.

'계절이여 마을이여 상처없는 영혼이 어디 있는가'는 A.랭보의 시 한 구절이다. 그런데 그 상처는 모두 각양각색이고 천태만상이다. 인간의 마음이 세상을 담는 하나의 소우주이기 때문이 아닐까. 첫사랑의 기억 또한 그렇다. 아프고 슬프고 힘겨웠던 통과제의의 시간이었다 할지라도, 세월이 흐른 후엔 아름다운 빛깔만 남는다. 망각은 엄혹한 상처조차 곱게 다듬는 마력이 있는 까닭에서다. 어리고 젊은 날에 운명처럼 만난 첫사랑의 '그대'는 어른이 되고 노인이 되어서도 여전히 가슴 설레는 동경의 대상이다. 그 세월 저편에 숨은 기억과 그러기에 아름다운 광휘가 가시지 않는 첫사랑 이야기들을 여기서 함께 살펴본다.

2. 세월 저편의 기억과 그 아름다움

윤대녕의 「후포, 지나가는 비」는, '스무 살이 되던 대학생 새내기 시절'에 화자가 만난 '그녀'의 이야기다. 그것이 단지 우연이었는지, 어떤 환영에 이끌렸던 것인지 되뇌어 보는 화자의 심사는 아무래도 후자 쪽으로 기울어 있기 십상이다. '울진 후포 사람'인 그녀는 사투리를 쓰거나 고향 음식을 먹는 일, 두 사람의 관계에 대한 대화 등에 있어 거침이 없고 활달하다. 이들은 울진 후포와 불영사, 양수리를 함께 다녔다. 이들이 작별을 고한 것은 화자의 마음속에 남아 있는 '초등학교 때 무척이나 좋아하던 여자아이' 그리고 그 아이의 꽃무늬 원피스 때문이다. 그 아이는 유년에 일찍 세상을 등졌다. 세월이 무상하게 흘러 화자는 오십 대 후반에 이르렀다. 강화도를 갔더니 거기에도 후포항이 있었다. 소녀 아이, 그녀, 그리고 이제 돌보아야 할 아내를 모두 공유하고 있는 화자에게 무엇이 지나가는 비이고 또 끝까지 남을 비일까.

박상우의 「꼬마 미야를 찾아서」는, 여섯 살 유년에 겪은 고통스러운 생이별 장면으로 시작한다. 아버지가 군인이었던 화자의 가족이 이사하면서, 그 유년을 함께 보낸 '꼬마 미야'와 헤어진 것이다. 회상 시점에 의거해 있긴 하나, 화자는 '그 시절 꼬마 미야는 내 여섯 살 인생의 전부'였다고 고백한다. 사춘기 고등학생이 되어 옛 살던 곳을 찾아가 보지만, 동네는 흔적이 완전히 사라지고 과수원으로 변해 있다. 중요한 것은 화자가 소설가로 평생을 일관하는 동안 꼬마 미야가 '내 작품세계의 뿌리'가 되었다는 사실이다. 이 글을 쓰고 나서 화자는 그곳을 다시 찾아가기로 한다. 그것은 추억의 자리를, 그리고 삶의 근원을 찾아가는 엄중하고 뜻깊은 일에 해당한다. 화자는 이를 '각별한 행차'라고 표현한다. 이렇게 자신의 내부에 마음의 본향을 숨기고 살아온 그는 행복한 사람일까, 아닐까.

전성태의 「소나기 증후군」은, 화자가 40년 전 국어 시간에 읽었던 「소나기」를 기억하며 자신의 삶에 비추어 보는 이야기다. 중학생 딸 아이의 책을 빌려서 보다가 마주친 상황이다. 화자는 「소나기」를 처음 만나고 이를 흉내 낸 소설을 쓴 후 비극과 광기의 세계에 휩쓸렸다. 어쩌면 소설이 그와 같은 광기의 소산일 수도 있다. 고등학생 시절에 방을 얻어 혼자 살던 때, 화자는 '민희 누나'를 만난다. 하지만 생활 현장으로 들어선 민희와는 점점 멀어져 간다. 결국 민희와 헤어지는 마당에 화자는 '어떤 이야기 한 장이 넘어가는 소리'를 들은 것 같다. 중학생 딸을 둔 가장의 나이에, 40년 전의 시점으로부터 민희에 대한 경도(傾倒)를 거쳐온 그 삶의 과정이 하나의 파노라마와도 같다. 누구나 안고 있을 법한 이 삶의 풍경은, 참으로 예리하게 아프지만 동시에 순수하고 아름답다.

　김종광의 「스쿠터 데이트」는, 그야말로 인생사의 온갖 험로를 다 지나온 노년의 추억이요 또 사랑에 관한 서사다. 이 소설의 화자는 '노옹'이고 그의 상대역 노파는 '꿈에서 아내 다음으로 자주 만났던 바로 그 소녀'다. 노옹이 당도한 개울은 70년 전 그대로의 모습이다. 그런데 무슨 데자뷔처럼 그 노파가 개울물 징검돌 중 한가운데 돌에 서 있다. 이를테면 이들은 70년 시간을 건너뛰어 그 자리에서 그 모습으로 다시 만난 것이다. 이들은 노옹의 스쿠터를 타고 옛날의 추억을 재현한다. 어떻게 보면 기적과도 같은 형국이다. 아하! 그런데 여기에도 예전처럼 소나기가 쏟아진다. 연륜의 숙성과 더불어 우리는 누구나 이러한 과거의 재현을 꿈꾼다. 이 작가는 이 부면에서 사뭇 용기를 가진 셈이다. 그런데, 황혼이 여명보다 아름답다는 언사가 여기에 합당할까, 어떨까.

3. 비극 또는 거짓 이야기로의 확장

구효서의 「새벽 들국화 길」은, 「소나기」를 패러디한 소설 가운데 가장 비극적인 이야기를 담고 있다. 관찰자이자 화자인 '나'와 그 관심의 대상인 '계끔이'가 나오고 이사를 통해 헤어지는 것은 원본의 소설에서 보던 그대로다. 문제는 이사의 이유가 남자 두 사람이 참혹하게 죽는 비극에 잇대어져 있다는 사실이다. 여자아이는 '그님자야, 나더 나더'라는 요령부득의 말밖에 하지 못한다. '나'는 계끔이와 별다른 추억을 만들지 않고서도 그 아이를 마음에 담았다. '전쟁이 끝난 지 11년이나 12년쯤'이면 1960년대 중반, 이 이야기 또한 회상 시점에 의지해 있다. 여자아이네가 사라진 날 절망이라는 것이 아름다울 수 있다는 걸 처음 알았으니, 화자는 가장 아픈 입사의 의식을 치르고 있었던 터이다.

김상혁의 「소나기가 필요해」는 원작의 모형을 이어받되 그 담화의 형성이 허구를 넘어 거짓으로 이루어지는, 매우 특별한 상황을 그렸다. 소설의 중심인물로 등장하는 '기훈'과 '강이'는 파주의 외진 동네에서 함께 자란 오랜 친구다. 기훈은 초등학교 입학 직전에 강이로부터 '소미'에 관한 이야기를 듣는다. 만난 장소도 '한겨울 만우천'으로 적시摘示된다. 그 소미가 강이와 비를 맞고 놀다가 폐렴에 걸려 죽었다는 것이다. 그런데 이

모든 이야기는 가상이며, 그것을 실제로 치부하려는 강이의 삶에 부정적으로 작용한다. 왜 이 작가는 「소나기」의 표절이 분명한 강이와 소미의 사연을 '세상에 둘도 없이 절절한 연예담'으로 치장했을까. 진실을 알고 있는 그리고 강이를 걱정하는 기훈은, 그것이 어떤 방식으로든 밝혀지는 게 옳다고 여긴다. 그렇다면 이 이야기는, 첫사랑의 문제를 넘어 죽마고우의 우정이라는 영역으로 발전해 갈 것이다.

신은희의 「소나기, 2막」은, 원작의 발화 구도에 근거하지만 전혀 새로운 방향성을 가진 짧은 소설이다. 우선 이 작품은 '소나기는 없다. 소리가 먼저였다'라는 사뭇 도전적인 문장으로 시작한다. 그 여러 소리, 그리고 빛과 같은 오감을 동원하는 이미지들이 연극 공연을 앞둔 감독에게 부하 되어 있다. 연극은 1막에 이어 2막을 생략하고 바로 3막으로 넘어가는 형편인데, 감독은 느닷없이 '푸른 소나기'라는 2막의 콘셉트를 요구한다. 「소나기」를 공연예술로 치환한 접근법은 새로우며, 글의 전개도 급박하고 전위적이다. 말미에 이르러 아주 오래전 1막의 주인공들이 무대 중앙으로 걸어 나오는데, 그들이 소년인지 노인인지 알 길이 없다고 서술된다. 이 대목에 이르면 원작과 이 작품 사이에 팽팽한 긴장감이 살아난다.

4. '소나기'가 몰고 온 허구적 발화법

주수자의 「달이 지고 새벽이 오고 소나기가 내리다」는, '소나기'라는 제재題材를 이어받되 이야기를 흐름은 원작의 그것과 상관이 없다. 소설의 주인공은 시인 김두길이란 인물, 그의 조부는 시인이자 독립투사로 알려졌으나 일제에 협조했었다는 루머가 전염병처럼 퍼졌다. 석 달 안에 조부의 현충원 묘지를 옮겨야 하는데, 아버지는 암 투병으로 병원에 누워 있다. 그리고 그 배경에 질금질금 빗방울이 뿌리거나 갑작스레 소나기가 쏟아진다. 김두길이 왜 혼자서 밤중에 이장移葬을 시도하는지는 분명치 않다. 그런데 묘를 열고 보니 외다리였다는 조부 유해의 다리가 두 개인 것이다. 놀라운 대목은 너무도 사실적으로 진행되던 이 엄청난 사태가, 한밤의 소나기 속에 벌어진 한 바탕 꿈이었다는 반전이다. 그 마지막에 소설 첫머리처럼 '딩동' 초인종 소리가 수미상관하게 매설되어 있다.

성혜령의 「소나기 데이터 센터」는, 화자인 '나'가 보안요원으로 일하는 M사의 하청 반도체 공장에서 야간에 일어난 일을 서술한다. 그곳의 클라우드 서비스 종료 날 그 여자가 유령처럼 나타난다. 적외선 카메라 앞에 여러 야생동물이 나타나지만, 여자는 유령의 형용이다. 여자는 11시에서 1시 사이에 매일 데이터 센터에 나타났다 사라진다. '나'가 확인한 여자의 사정은 우선 그가 '슬퍼하고' 있다는 점이다. 여자가 교도소에 있는 동안 애인이 죽었고, 클라우드 서비스 종료 때문에 사진이 다 날아갔다는 것이다. 아마도 애인의 사진이 포함되어 있었을 터. 여자가 데이터 센터 앞을 유령처럼 배회한 이유다. 이 소설의 데이터 센터 로고인 둥근 구름 모양은 소나기를 상징하는 직선으로 대체된다. 거기 그렇게 '소나기'가 숨어 있는 셈이다.

김의경의 「나기」는, '창문 없는 집에 사는 여자가 죽었다'라는 문장으로 시작되고, 그것이 '소나기가 내린 날'이었다. 중년에 이른 생전의 여자는 어떤 날은 '천진한 소녀'처럼 보이기도 했다. 그녀의 손에 늘 '바밤바' 아이스크림이 들려 있었기에, 소설은 그녀를 그 상품의 이름으로 부른다. 그녀 주변에 있던 사람들이 유품을 하나씩 들고 가고, 옆집 여자가 그녀가 키우던 고양이 '나기'를 데려간다. 소나기가 내린 날 전봇대 밑에서 발견한 연유로 성은 소, 이름은 나기라고 불렀다 한다. 이 모든 광경을 주시하고 있는 화자 '나'는 결국 옆집 여자와 함께 나기를 돌본다. 우리 주위에서 문득 만날 수 있는 이야기들의 소설적 정황이다. 이 소설이 '소나기'를 연원淵源으로 하는 것은, 단지 고양이의 이름뿐이다.

한성규의 「지하철 안에 내리는 소나기」는, 그 제목이 말하는 바와 같이 기발한 상상력을 바탕에 두고 있다. 화자인 '나'는 새벽 3시까지 아르바이트 일을 하고, 집으로 돌아가기 위하여 지하철 첫차를 기다린다. 승강장에 외부 공기를 주입하는 급기구, 차내의 불이 잠시 꺼지는 '마의 구간의 비밀' 등 숨은 상식을 보여주기도 한다. 그런데 어느 한순간 급기구에서 '쏴 하고' 물이 쏟아진다. 에어컨에서 물이 흘러나온 것이다. 마치 소나기처럼. 화자의 눈에는 지하철 천장 너머로 '무지개 같은 것'이 펼쳐졌던 것으로 보인다. 그런 점에서 이 소설의 이야기는 한편으로는 신선한 아이디어를 함축하고 있다. 우리가 사는 곳 어디에나 '소나기'가 있다는 발견은 납득할 만하다.

이제껏 우리가 공들여 살펴본 11편의 짧은 소설들은 대체로 두 가지 범례로 구분할 수 있다. 하나는 황순원 원작의 「소나기」에서 그 이야기의 원형을 빌려 와서 새로운 이야기로 재창조한 경우다. 이 모형이 당초 이 앤솔로지가 계획한 것으로 짐작된다. 세상 사람들의 생각과 행동이 모두 저마다인 것처럼, 우리는 여기서 다양한 첫사랑과 동심의 순수를 만날 수 있었다. 다른 하나는 '소나기'라는 제재를 활용하여 각기의 다른 이야기를 창안한 경우다. 비록 원작 「소나기」와의 상관성은 없으나, 그 또한 우리 마음에 숨어 있는 청량한 물줄기, '소나기'를 환기하는 소설들이었다. 이 짧은 소설들의 모음은 「소나기」와 동행하는 우리 시대 스마트소설의 작은 행렬을 구성한다. 「소나기」와 스마트소설이 동시에 범주와 영역을 확장한 뜻깊은 사례에 해당한다고 여겨진다.

황순원문학촌 소나기마을

20세기 격동기의 한국문학에 순수와 절제의 미학을 이룬 작가 황순원. 그의 고결한 삶과 문학 정신을 기리기 위해 경기도 양평군과 경희대학교가 함께 건립한 황순원 문학마을이자 테마파크이다. 한국인이 가장 사랑하는 단편소설 「소나기」의 배경을 현실 공간으로 재현했다.

황순원(1915~2000)

1915년 평안남도 대동군에서 태어났다. 정주 오산중학교와 평양 숭실중학교를 거쳐 일본 와세다 대학 영문과를 졸업했다. 17세인 1931년 『동광』에 「나의 꿈」, 「아들아 무서워 말라」 등을 발표하며 작품 활동을 시작했다. 1935년 『삼사문학』 동인으로 참여하면서 소설도 함께 쓰기 시작했으며, 1940년 소설집 『늪』을 간행한 이후 소설 창작에 주력했다. 아시아자유문학상, 예술원상, 3·1문화상, 인촌상을 수상했다. 경희대학교 국문과에서 23년 6개월 동안 교수로 지내면서 많은 문인을 배출했으며, 2000년 86세의 나이로 타계했다. 주요 작품으로는 단편소설 「소나기」, 「학」, 「별」, 「목넘이마을의 개」, 「독짓는 늙은이」 등과 장편소설 『카인의 후예』, 『나무들 비탈에 서다』, 『일월』 등이 있다. 함축성 있는 간결한 문체와 치밀한 구성으로 서정적이며 섬세한 작품세계를 보여주었고, 인간 본연의 순수성과 그 소중함을 옹호했다. 일생에 걸친 창작 활동으로 시집 2권, 단편소설 100여편, 장편소설 7편과 산문집 1권을 남겼다.

충상 270, 1996, 130x162cm, oil on canvas

구효서

87년 중앙일보 신춘문예 소설 당선. 소설집 『노을은 다시 뜨는가』, 『깡통따개가 없는 마을』, 『도라지꽃 누님』, 『저녁이 아름다운 집』, 『아닌 계절』 등, 장편소설 『늪을 건너는 법』, 『라디오 라디오』, 『비밀의 문』, 『랩소디 인 베를린』, 『옆에 앉아서 좀 울어도 돼요?』 등 상재했다. 한국일보문학상, 이효석문학상, 황순원문학상, 대산문학상, 동인문학상, 이상문학상, 황순원작가상 수상.

윤대녕

1990년 『문학사상』 신인상으로 등단. 소설집 『은어낚시통신』, 『남쪽 계단을 보라』, 『많은 별들이 한곳으로 흘러갔다』, 『누가 걸어간다』, 『제비를 기르다』, 『대설주의보』, 『도자기 박물관』, 『누가 고양이를 죽였나』, 장편소설 『옛날 영화를 보러갔다』, 『달의 지평선』, 『눈의 여행자』, 『미란』, 『호랑이는 왜 바다로 갔나』 상재함. 오늘의 젊은 예술가상, 이상문학상, 현대문학상, 이효석문학상, 김유정문학상, 김준성문학상, 소나기마을문학상 황순원작가상 수상. 현재 동덕여대 문예창작과 교수로 재직 중.

박상우

『문예중앙』 신인상으로 등단. 1999년 중편소설 『내 마음의 옥탑방』으로 제23회 이상문학상을 수상했고, 2009년 소설집 『인형의 마을』로 제12회 동리문학상을 수상했으며, 2019년 제12회 이병주 국제문학상을 수상했다. 소설집 『샤갈의 마을에 내리는 눈』, 『사탄의 마을에 내리는 비』, 『사랑보다 낯선』, 『인형의 마을』, 『호텔 캘리포니아』, 『내 마음의 옥탑방』, 『가시면류관 초상』, 『비밀 문장』, 『운명게임』 등이 있고, 산문집으로 『내 영혼은 길 위에 있다』, 『반짝이는 것은 모두 혼자다』, 『혼자일 때 그곳에 간다』, 『소설가』 등이 있다.

전성태

1969년 전남 고흥 출생. 중앙대학교 문예창작학과 및 동대학원 졸업. 1994년 단편소설 『닭몰이』로 실천문학신인상을 받으며 등단. 소설집 『매향埋香』, 『국경을 넘는 일』, 『늑대』, 『두번의 자화상』, 장편소설 『여자이발사』, 산문집 『세상의 큰형들』, 『기타 등등의 문학』 등이 있음. 신동엽문학상, 오영수문학상, 현대문학상, 이효석문학상, 한국일보문학상을 받음. 현재 순천대학교 문예창작학과 교수.

김종광

1998년 『문학동네』에 단편소설로 데뷔. 2000년 『중앙일보』 신춘문예 희곡 당선. 신동엽창작상 수상. 소설집 『경찰서여, 안녕』, 『모내기 블루스』, 『낙서문학사』, 『처음의 아해들』, 『놀러 가자고요』, 『성공한 사람』, 장편소설 『야살쟁이록』, 『똥개 행진곡』, 『조선통신사』, 산문집 『웃어라, 내 얼굴』 등이 있다.

신은희

시인, 2001년 문예비전으로 등단. 18년 된 독서회 〈세 번째 달〉, 〈움〉의 리더. 테마가 있는 소설집 『여자』, 『명작 스마트 소설』의 해설을 썼다. 시집으로 『반투명 유리가 있는 풍경』이 있다.

성혜령

1989년 서울생. 한신대학교 문예창작과 졸업

2021년 제2회 황순원소나기마을 스마트소설 대상 수상

2021년 『창작과비평』 소설 부문 신인상 수상

한성규

2012년 디지털 문학상, 2019년 울산문학신인상, 2019년 황순원소나기마을 스마트소설 대상을 수상했다. 작품으로는 『안기부 4과』, 『고요한 협조자들 The Silent Partners』, 『우리도 때리면 아파요』, 『자고 일어났더니 미국인』, 『의성할매, 할배들 아직 살아있네』 등이 있다.

김상혁

2009년 『세계의문학』 신인상 등단. 시집 『이 집에서 슬픔은 안 된다』(민음사 2013), 『다만 이야기가 남았네』(문학동네 2016), 『슬픔 비슷한 것은 눈물이 되지 않는 시간』(현대문학 2019). 제3회 스마트소설박인성문학상 수상

김의경

2014년 『한국경제』 청년신춘문예 등단.

2018년 수림문학상을 수상했다. 소설집 『쇼룸』이 있다.

주수자

서울대학교 미술대학에서 조각을 전공하고, 1976년부터 프랑스와 스위스, 미국에서 살다가 2000년에 영구 귀국했다. 2001년『한국소설』로 등단, 소설집『버펄로 폭설』,『붉은 의자』,『안개동산』,『빗소리몽환도』, 시집『나비의 등에 업혀』등이 있다. 2017년부터 희곡「빗소리몽환도」「복제인간」「공공공공」을 연극 무대에 올렸고, 과학에세이『아! &어? 인문과 과학이 손을 잡다』, 소설집『Night Picture of Rain Sound』영국 Page Addie Press에서 2020년 출간되었다. 제1회 스마트소설 박인성문학상을 수상했다.

김종회

경희대 국문과와 동 대학원을 졸업하고 26년간 경희대 교수로 재직했다. 1988년『문학사상』을 통해 문학평론가로 데뷔한 이래 활발한 비평 활동을 해 왔으며『문학사상』,『문학수첩』,『21세기문학』,『한국문학평론』등 여러 문예지의 편집위원 및 주간을 맡았다. 한국문학평론가협회, 한국비평문학회, 국제한인문학회, 박경리 토지학회, 조병화시인기념사업회, 한국아동문학연구센터 등 여러 협회 및 학회의 회장을 지냈다. 현재 황순원문학촌 소나기마을 촌장, 이병주기념사업회 공동대표, 한국디카시인협회 회장을 맡고 있다. 김환태평론문학상, 김달진문학상, 편운문학상, 유심작품상 등을 수상했으며 평론집『문학과 예술혼』,『문학의 거울과 저울』,『영혼의 숨겨진 보화』등, 저서『한민족 디아스포라 문학』등, 산문집『삶과 문학의 경계를 걷다』등이 있다.

장성순 화백(1927~2021)

서양 추상화가. 한국 추상미술의 선구자이자 1956년 현대미술가협회
창립회원임. 서울대학교 미술대학에서 수학했으며, 1961년 제2회 파
리비엔날레를 비롯하여, 12번의 개인전과 무수한 단체전에 참여했다.
2008년 대한민국미술대전 미술인상, 2018년 예술원상을 수상했다.
그의 작품들은 〈국립현대미술관〉, 〈예술의 전당〉, 〈서울대학교 미술
관〉 등에 있고, 〈김홍도 단원미술관〉은 장 화백의 추상작품 200여점
을 현재 소장하고 있다. 그의 그림들을 www.서양화가장성순.com에
서 볼 수 있다.

추상 097, 2009, 60x73cm, oil on canvas

2009.

스마트소설 한국작가선

소나기 그리고 소나기

1쇄 발행일 | 2021년 12월 10일

편집기획 | 주수자
펴낸이 | 윤영수
교정 | 박초이
디자인 | 올컨텐츠그룹(박은영)
표지그림 | 장성순

펴낸곳 | 문학나무, 황순원문학촌 소나기마을
주소 | 03085 서울 종로구 동숭4나길 28-1 예일하우스 301호
이메일 | mhnmoo@hanmail.net
출판등록 | 제312-2011-000064호 1991. 1. 5
영업 마케팅 전화 | 02-302-1250 팩스 | 02-302-1251

값 13,000원
ISBN 979-11-5629-131-2 03810